恋の叶う魔道具

Hikaru Masaki
真崎ひかる

CHARADE BUNKO

Illustration

木下けい子

CONTENTS

《Ⅰ》

食券の販売機の前に立って、約十秒。幸久《ゆきひさ》の手には、『うどん一五〇』と印字された食券が握られていた。

引き換えカウンターに向かって一歩足を踏み出したところで、背後から腕が絡みついてくる。

「……相変わらず、素うどんか。せめて、キツネかワカメにしろよ。毎日毎日、同じもんを食って飽きないか?」

「わっ! ビックリしたっ」

不意打ちだったせいで、ビクッと大きく身体《からだ》を震わせる。慌てて振り向いた幸久の目に映ったのは、呆《あき》れたように笑う友人の姿だった。

「秋原《あきはら》か。……これでいいんだよ。セルフカウンターで、無料のネギと天かすを入れさせてもらうし。キツネうどんって、二百円もするんだからな」

味つけされた揚げがプラスされるだけで、何故《なぜ》五十円も高くなる……と力説する幸久に、秋原は苦笑を深くした。

「五十円の差は、デカいかぁ？」

「そりゃそうだよ。たとえば、だ。一ヶ月のうち、二十日学食で昼飯を食うって考えたら……一日五十円の差額が、最終的に千円にもなるんだからな」

両手を広げて「千円だぞ」と主張する幸久の脇を、女子学生が二人クスクスと笑いながら通り抜ける。

きっと彼女らのあいだでは、「ビンボー人」とか「ケチ」と語られることだろう。どちらも事実なので、好きに言ってくれていいけれど。

「あー、うん。そうだな。チリツモだ。でも、毎日昼飯にうどんしか食ってないおまえは、明らかな栄養不足だろ。ってわけで、ほら」

仕方なさそうにそう言いながらため息をついた秋原が、幸久の手に食券を握らせる。

反射的に受け取った幸久は、恐る恐る右手にある二枚の食券を見下ろした。

「こ……これは」

450という数字と共に印刷されている文字は、キラキラとまばゆい光を放つ……『かつ丼』だ。

「ま、まぶしい。かつ丼様……」

「まぶしいって、別に金色で印刷されてるわけじゃないだろ」

確かに、金色のインクで印刷されているわけではない。でも、少なくとも幸久には光輝いて見えた。

「なに？　くれるの？」

まさか、見せびらかしただけではないだろうな。

そんな疑いがチラリと湧いて、恐る恐る尋ねる。

「ああ。バイト代が入ったからな。たまには肉を食え。うどんばっかりすする姿は、見ていられねーよ。しかも、素うどん」

「い、いいのか？　でも、おれがお返しできることなんて」

「気象学のノート、コピらせてくれたらいいよ。出席取らないからって油断してたせいで、今回の試験がヤバい感じでさぁ」

「それくらい、お安い御用だ」

ノートのコピーと引き換えに、かつ丼にありつけるなんて……むしろラッキーだ。

喜色を露骨に顔に出しているだろう幸久に、秋原はククッと笑いながら肩に手を乗せてきた。

「ほんっとに、安上がりなヤツだな。……悪い人間に騙《だま》されるなよ。じゃ、とりあえず飯を食おうか。腹減った」

「ん。じゃ、遠慮なくイタダキマス」

飯を食おうという言葉に異論などあるわけもなく、自分では購入しようと考えたこともない『かつ丼』の食券をカウンターに差し出す。

「おばちゃん、お願いしまっす」

「はいはい。素うどんと、かつ丼ね」

高嶺《たかね》の花、『かつ丼』様。

ハイと返事をしながら……緊張のあまり指が少しだけ震えていたのは、格好悪いから秘密だ。


「あ、そうだ。今日はバイトがない日だろ？　夜、うちに遊びにこいよ。で、飯を食わせて。幸久のばあちゃん直伝の煮物がいい。筑前煮《ちくぜんに》か、肉じゃが。美味《うま》い和食、しばらく食ってねーんだよなぁ。食材は、俺が用意するし」

昼食を終え、食堂に備えつけられている茶を飲んでいると、秋原が話しかけてきた。

いつもの幸久なら、食材を用意してくれるのであれば食費が浮くのでありがたい。一人分の食事を作るのも二人分になるのも、手間としてはたいして変わらないのだから、あっさり「いいよ」と答えるけれど……。

「あー……ごめん。今日は慶士郎《けいしろう》さんが帰ってくるからダメだ」

自宅マンションで、今秋原にリクエストされたものとほぼ同じメニューを、用意しなければならない。

海外から戻ってくる同居人のリクエストは、毎回決まって純和食なのだ。茶碗蒸《ちゃわんむ》しと筑前煮と、味噌汁《みそしる》は絶対に外せない。後、煮魚か焼き魚か……メインの調理法は、本人に聞いてからにしよう。

幸久の答えに、秋原は唇を尖《とが》らせた。

「なーんだ、タイミング悪いなぁ。……慶士郎さん、かぁ。高瀬《たかせ》氏ってば、相変わらずなんかよくわかんない胡散臭《うさんくさ》いコトやってんの？」

含みのある声色で『高瀬氏』と言いながらチラリとこちらを見遣った秋原に、幸久はテーブルの上で拳《こぶし》を握って反論する。

「胡散臭いって言うな！」

「だってさぁ……胡散臭いだろ。なんだっけ……古美術品の売買仲介？　アラスカだかシベリアだかの、自然を撮った写真集も何冊か出してたっけ。フォトグラファー？　どっちが本業だよ」

「あー……慶士郎さんが言うには、『いろいろやってるけど、本業はなんだと聞かれたらトレジャーハンター』かな？」

「うわ、胡散クセー……」

秋原は、呆れたように苦笑して顔の前で手を振った。

確かに……幸久も、『トレジャーハンター』だと軽く語る彼の言葉を、頭から信じているわけではない。

薄く笑いながらのあのセリフには、単純バカと言われている自分をからかおうという意図も、多分に含んでいるはずだ。

「でも、ちゃんと仕事しているのは本当だって。そうでないと、あんな立派なマンションに住めないだろうし……身内でもないおれまで居候させてくれて、さ」

現在、幸久が居住しているのは、分不相応としか言いようのない三ＬＤＫのマンションだ。名義は高瀬で、わずかながらの光熱費は受け取ってもらっているが、家賃は一円も納めていない。

「まぁ、確かに。でも、そこがまだ胡散臭さに拍車をかけてんだよな。あんないいマンションに住んでるクセに、本人はほとんど不在ってさぁ……。あっさりと管理をおまえに任せるってあたりも、警戒心がなさすぎ」

仕事で海外に出ることが多く、不在がちな高瀬に代わって、維持管理を兼ねた留守番をする……という名目で居候させてもらっていることを、秋原も知っている。

なにやら「どう考えても謎《なぞ》だらけだ」と悩む秋原は、相変わらず心配性だ。

「それは、おれも最初に、他人に管理を任せるなんて不安じゃないのかって、訊《き》いたんだよね。そしたら慶士郎さんが言うには、貴重品なんかは置いてないし、万が一おれが持ち逃げしたところでたいしたダメージのないものばっかりだ、ってさ。……おかーさん、そんなに心配しないでも大丈夫だよ？」

「誰が、おかーさんだっ。同じ年のムスコは、股間にいる子だけで間に合ってマス。つーか、せめておとーさんにして……」

はぁぁ、と気の抜けたようなため息をついてぼやいた秋原は、下品な冗談を口にして幸久を横目で見遣る。

「さりげなく、オヤジ的なシモネタを混ぜるなよ。しかも、飯の場でさぁ。ほら、女子が引いてる」

秋原の言葉を受けてそうつぶやいた幸久がチラリと目を向けた先では、女子学生グループが秋原を睨《にら》んでいる。

その目は、「サイテー」と語っていた。

「あああ、しまった。俺のバカ！　女子の皆さんには、爽やかなイケメンで通そうと思ってたのに。……学祭までには彼女を作りたいのにさぁ」

自分の失言を嘆きながらしみじみとつぶやく秋原に、幸久は「あれ？」と首を傾《かし》げた。

「秋原、彼女いたんじゃないの？　N短大の……マユちゃんだっけ。どんだけラブラブか語ってたの、半月くらい前だよな」

「一週間前に別れましたぁ。正確には、フラれたんだよ。あの女、二股ならぬ三股をかけてやがった」

テーブルの上で拳を握って、ギリギリと悔しそうに奥歯を嚙《か》みしめる秋原に、かける言葉は思いつかない。

うまく慰める術《すべ》もなく、無言でポンと肩を叩《たた》く。

料理上手だとか、甘えてくるのがかわいくてさぁ……などと散々惚気《のろけ》を聞かされた身としては、それが秋原だけに向けられたものではなかったなんて……なんとも気の毒だ。

「ありきたりな言葉だけど、秋原にはもっといい子がいるって」

「準ミスS女を彼女に持つおまえの慰めは、嫌味だ」

肩に置いた手を邪険に払いながら八つ当たりされた幸久は、その右手をブラブラと振りながら目をしばたたかせた。

「あれ？　言ってなかったっけ。おれも、フラれたんだけど。幸久くんって、思ってたよりつまんない……って」

「……同士よ」

そう口にした途端、現金にも秋原は両手で幸久の手を握りしめてきた。

ただ、幸久はフラれたことにダメージを受けていないので、『同士』と口にする秋原に少しだけ申し訳ない。

「おまえもさぁ、モテるのに続かないよな」

しみじみと語られた言葉を否定する材料は、ない。実際に幸久は、大学に入学してからの二年あまり、フラれてばかりだ。

「うん。彼女たちの期待に応《こた》えてあげられなくて、悪いなぁ……って思う」

「女は、おまえの見てくれに目が眩《くら》んで中身まで見えてないんだろうな。遊び慣れたイケメンかと思ったら、真面目くんでつまんない……詐欺みたいなもんだとか、ヒデェ言われよう。その前の彼女には、幸久といたら『カレシ』じゃなくて『お父さん』といるみたい、って言われてなかったか?」

「そうだっけ? それを言われたの、二人や三人じゃないからなぁ……」

一度や二度でなく女の子から投げつけられた捨てゼリフを思い浮かべながら、遠い目をしてしまった。

どうも自分は、女の子たちの期待に沿うことができないらしい。

秋原曰《いわ》く、外見は今時のイケメンで上手に遊んでそう……らしいのだが、実際の自分は地味で頭の固い『つまらない人間』だ。

おつき合いを始めて一週間、「キスどころか手も握らないなんて」と頬を膨らませて不満をぶつけられ、「そういったことは、もう少し互いのことを知ってからのほうがいいのでは」と思うまま言い返して、呆れられたことも数知れず。

「じいちゃんとばあちゃんには、女の子には優しくしろ……傷つけるなと言われてるから、おれは、その通りにしているだけなんだけど」

幸久にしてみれば、自分のなにが間違っているのかわからない。

育ての親である祖父母に言われた通りに、女の子を傷つけないよう最大限に気をつけているつもりなのだ。

女の子たちは、小さくて、見るからにやわらかそうで……ふわふわ甘い砂糖菓子みたいで。不用意に手を出せば、壊してしまいそうでなんだか怖い。

以前、そう語った幸久に秋原は「いや、アイツらはおまえが思うよりずっと逞《たくま》しいぞ」と返してきたけれど、やはり幸久にとっては慎重に扱うべき存在だ。

首を傾げて悩む幸久に、秋原は呆れの滲《にじ》む顔で苦笑している。

「それも、ちょーっとズレてると思うぞ。傷つけたくないから、オツキアイしてくださいって言い寄ってくる女を全部受け入れて、挙げ句に最長でも一ヶ月そこその交際期間、ってさぁ。鈍感っつーか……天然って、罪作りだよな」

「テンネン……かな。どちらかと言えば、直毛の剛毛だと思うんだけど」

秋原のほうが、天然パーマのふわふわした髪ではないだろうかと思いながら、自分の前髪を指先でつまむ。

言葉もなく特大のため息をついた秋原が、ポンと幸久の肩に手を乗せた。

「もうさ、本当のおまえを理解してくれる女が現れるまで、そのままでいろ。とりあえず、来るもの拒まずじゃなくて、相手を選ぶところから始めようか」

「選ぶって、上から目線……女の子に失礼じゃないか？　つき合ってくれないと、泣くから……って言われたら、『いいよ』ってうなずく以外にないだろ」

「だからさぁ、誰でもＯＫするほうがいい加減っつーか、不誠実なんだって！　おまえの中身を知らない男どもには、やっかみ交じりに極悪な遊び人認定されてるんだぞ。そのせいで、軽く自分から声をかけるタイプの女ばっかり集まってきて……悪循環だな」

眉をひそめた秋原は、「この顔面が悪い」と言いながら幸久の頭を両手で摑《つか》み、髪をグシャグシャとかき乱した。

「うわわ、やめ……目が回る、って」

容赦なく頭を揺さぶられたせいで、目の前がクラクラする。

秋原の手から逃れた幸久は、乱れた髪を簡単に手で撫《な》でつけながら頭に浮かんだ解決策を口にした。

「そうだ。タイミングよく帰ってくるから、慶士郎さんに、どうすればいいか訊いてみようかな。大人ってだけでなく、格好いいからすごくモテるだろうし……女の子に怒られない方法も、たくさん知ってそう」

一番身近に、適切なアドバイスをくれそうな適任者がいた。

同性から見ても極上の男の部類に入る大人の高瀬なら、女性慣れしていそうだし……怒らせずに異性をあしらう術も知っているに違いない。

名案だと目を輝かせている幸久に、秋原は首を捻《ひね》る。

「んー……高瀬さんって、いくつだっけ？　おまえがバイトしてた時に飲み屋でチラッと顔を合わせただけだから、あんまり記憶にないんだけど……確かに、妙な迫力のある男前だったような気がする。あの手合いは、モテるだろうな」

「えっと、去年初めて逢《あ》った時は二十八のはずだったから、今は二十九……になってるかな。たぶん、それくらい」

「ふーん……今度さ、きちんと紹介しろよ。おまえの話を聞いてるだけでも、興味深い変……じゃなくて、自由人って感じだし、いろいろ面白そう」

変人、と言いかけた秋原を幸久が睨んだことがわかったのか、秋原は無難な単語に言い換えてそう笑う。

「慶士郎さんに聞いてみる。今回は、どれくらい日本にいるかわかんないけど。またすぐ、どっかに行くのかな。慶士郎さんの家なんだから、もっとゆっくりしたらいいのに。ベッドカバーも干してあるし、タオルも新しいのを用意したし、歯ブラシとか髭剃《ひげそ》り用の剃刀《かみそり》も新調して……あ、ビール買って帰んなきゃ！　黒ヱビス《くろえびす》！」

家主である高瀬を迎える準備は、完璧だ……と指折り数えていた幸久だったけれど、最重要とも言えるうっかりミスに気がついた。

自分がビールを飲まないせいもあって、冷蔵庫に常備していないのだ。

「……ラブラブな新婚サンかよ。なんかさぁ、おまえの慶士郎さん好きって、もう恋のレベルだよな」

午後の講義を終えてビールを買ってマンションに帰って……高瀬の帰宅に間に合うだろうかと、腕時計を見ながらそわそわし始めた幸久に、秋原は苦笑を深くする。

唐突な『恋』という単語に、幸久は目をしばたたかせて秋原を見つめ返した。

「なに言ってんの、秋原？　そりゃ、慶士郎さんと一緒にいるのは女の子たちといるより楽しいし……ドキドキするけど。残念ながら、アッチもおれも、男。恋って、女と男のあいだでのみ成立する現象じゃないのか？」

「おいおい、その言い分だと問題はソコだけって感じだな。世の中、必ずしも男と女だけがカップルになるわけじゃないんだぞー……なーんて」

あはは、と笑う秋原をキョトンとした顔で見ていた幸久だったけれど……目からポロリと鱗《うろこ》が落ちた。

男と女だけがカップルになるわけではない？　それなら、自分と高瀬でも、おかしいわけではないのか？

「そっか。恋か」

ポン、と。右手で作った拳を、左手のひらに打ちつける。

幸久にとって高瀬は、初めてまともに話した時から敬愛の象徴のようなものだった。

男らしくて、格好よくて……頼もしくて。酔った客に絡まれていた幸久を助けてくれた際の凛々《りり》しい姿は、まるで勇者のようだった。

あんなふうになりたいと目標にするのもおこがましくて、ただひたすら憧れていたのだけれど……この胸のトキメキの名前など、考えたこともなかった。

これを恋と呼称する術もあるのだと、初めて腑《ふ》に落ちた。

「おーい……変な方向に暴走するなよ？　なんだ、そのキラキラした目は。もしもし、幸久クン？　なに考えてる？　ちょ……ちょっと、おいおい」

なにやら慌てている秋原をよそに、幸久は一人で「うんうん。そっか、わかった。これは恋か」とうなずく。

胸の片隅で、なんとなくモヤモヤしていたものの答えが出た。

「秋原のおかげで、わかった。おれ、慶士郎さんが好きなんだ。恋愛するのは女の子じゃないとって、思い込んでたから……今までは全然結びつかなかったけど、女の子じゃなくてもいいのなら、慶士郎さんが一番好きだ」

導き出された結論を真剣に語っていると、幸久を見ていた秋原が少しずつ目尻を下げ……泣きそうな顔になる。

「マジかぁ？　ああああ、俺のアホー。なに、天然にヒントをやってんだよ。つーか、おまえはそれでいいのか？　我に返れよ、幸久っ」

そう言いながら肩を摑んで揺さぶられても、今の幸久は取り乱してなどいないのだから我に返りようがない。

「おれ、正気だよ。なんか、すっごくスッキリした。そっか、慶士郎さんがやたらと格好よく見えるのは、恋だからなんだな」

「違っ……そうじゃないかもしれないだろ。自己暗示をかけんなよっ」

変に焦っているらしい秋原に、幸久は首を傾げて言い返す。

「おまえが言ったんだろ。恋だ……って」

「幸久が真に受けるなんて、思わなかったんだよっ。つーか、冷静に考えたらおかしいと思わないのかっ？」

「思わないけど。……あ、もうすぐ午後の授業が始まる。奨学金を打ち切られたら困るから、遅刻厳禁！」

腕時計を確認した幸久は、空になった食器が載ったトレイを手にして腰かけていたイスから勢いよく立つ。

「うぅ……やっぱり天然はタチが悪い。脇道っつーか、道なき荒野に向かって暴走してる幸久は高瀬さんが正しい道に戻してくれるだろうけど、メンドクセーことしやがって、って無用の恨みを買いそうだなぁ。でも、おれが悪いのか?」

なにやら苦悩しているらしく、ぶつぶつと独り言をこぼしながら頭を抱えてテーブルに突っ伏している秋原に、

「おれ、行くよ。かつ丼、ごちそうさま」

と告げて、足早に食器の返却口へと向かった。

高瀬に対する慕わしさの正体は『恋』か。

そう明確な答えが出たせいか、幸久は実に清々《すがすが》しい気分だった。帰国する高瀬を迎えるのが、ますます楽しみだ。

□□□

「秋原のせいで、慶士郎さんの顔を見たら変にドキドキしそう。つーか、一番になにを言おうかなぁ。まず、お帰りなさい……で、ビール買ってきたよ?」

急ぎ足でマンションに向かう幸久の右手で、コンビニの袋がガサガサと揺れている。中に入っている六缶パックのビールは、もちろん高瀬のためのものだ。

三日前に送られてきたメールには、帰国予定日として今日の日付しか記されていなかった。ハッキリとした帰着時間は聞いていないけれど、日付が変わらないうちにはマンションに帰ってくるだろう。

「前回帰国した時は、マンションに着いたの夜の十時過ぎだったもんなぁ。とりあえず、煮物は八割くらいできてるから……お米を洗って炊飯器を早炊きの設定にしておいて、茶碗蒸しは蒸せばいいだけの状態にしておくかな。煮物は味が染みるから早く作っておいてもいいけど、茶碗蒸しはできたてのアツアツが一番！」

そうしてのんびりと独り言をこぼしながら、普段より少しだけ早足でマンションの廊下を歩く。

ポケットから取り出した鍵を、扉の鍵穴に差し込んで捻り……手応えのなさに「あれ？」と首を捻った。

慌ててドアノブを摑んで引くと、玄関扉はあっさりと開いた。

「な、なんでっ？」

朝、出がけに自分が戸締りを失念したのでなければ、鍵を所有しているこの部屋の主《あるじ》が戻っているに違いない。

一歩入って視線を落とすと、玄関のど真ん中に、くたびれた大きなトレッキングシューズがある。

その脇に慌てて靴を脱ぎ捨てた幸久は、小走りで照明の灯《とも》されているリビングに駆け込んだ。

「慶士郎さん、帰ってんのっ？」

ソファの背からは、肩から上が覗《のぞ》いていて……テレビに向かっていた男が、ゆっくりと振り返る。

少し伸びかけた黒い髪、きりっとした涼しげな切れ長の目にスッと通った鼻筋……端整な容貌は、記憶にあるままだ。

高瀬は、国外に出ていた約一ヶ月のブランクをまるで感じさせない笑顔を向けてくる。

「おー……ユキちゃん、ただいま。つーか、お帰り。今日もご苦労さん、勤労学生」

昼から出たのは、まるで昨日もそうして幸久の帰宅を出迎えたような、のん気な言葉だ。

大学の友人からは呼ばれることのない、身内以外では高瀬しか口にしない愛称で呼びかけられた幸久は、トクンと心臓が高鳴るのを感じた。

「た、ただいまっ。お帰りなさい！」

高瀬と顔を合せたら、一番になにを言おうか考えていたのに、平凡極まりない言葉しか出てこない。

右手に持ったビニール袋がガサッと揺れたことで、他に言うべきことを思いついた。

「慶士郎さんの帰りがこんなに早いと思わなかったから、本格的なご飯の準備、これからだ

よ！　ビールだけなら、買ってきたからすぐに出せるけど……ツマミになるもの、簡単に用意しようか？」

小走りでソファを回り込み、ガラストップテーブルに視線を落として……目を瞠《みは》った。

幸久は非喫煙者だけれど、喫煙者である高瀬のためキレイに洗って準備しておいた灰皿に、煙草《たばこ》の吸い殻が数本。

それはいい。でも、灰皿の上でなにかを燃やした痕跡《こんせき》が見て取れる。

「慶士郎さん、灰皿でなにか燃やした？　灰皿は煙草のためのもので、焼却炉じゃないんだから……しかも、リビングテーブルで」

危ないだろうと小言を口にする幸久に、高瀬は微塵《みじん》も悪びれる様子はなく、笑いながら言い返してくる。

「悪い悪い、ちょっとした実験を……だな」

「実験？」

「まぁ、それはいいとして……ビール、もらっていいか？」

幸久の小言から逃れようという魂胆か、右手に持ったままのビニール袋を指差して尋ねてくる。

久々に帰国した高瀬に、ツンツンとした態度を取り続けるつもりは元からない。誤魔化されてあげることにした幸久は、文句を飲み込んで一つため息をついた。

「どうぞ！　えっと、簡単なツマミを用意するね」

「ああ。飯の準備、急がなくていいぞ。先に風呂《ふろ》に入るし。適当にビールを飲みながら、あちこちに帰国のあいさつをメールしておく」

「うん……あ、筑前煮と肉じゃが、どっちがいい？　魚は鯖《さば》だけど、塩焼きか味噌煮……どうしよう？」

ビールの入ったビニール袋を手渡してキッチンに向かおうとした幸久は、一歩踏み出した足を止めて身体を捻った。

高瀬は、いそいそとビールを取り出しながら顔を上げる。

「肉じゃが。肉は牛だぞ。鯖は味噌煮だ」

「了解しましたっ。じゃ、ちょっと待ってて」

キッチン……の前に、自室にバッグを置いて部屋着に着替えてこよう。

弾むような足取りでリビングを出て、幸久が私室として使わせてもらっている六畳半の部屋に向かった。

いつもは一人きりの広い部屋に、自分以外の……高瀬がいることに、浮足立っているという自覚はある。

「元気そうでよかった。でも、慶士郎さんて……あんなに格好よかったっけ」

高瀬は、もともと端整で男らしい容貌をしている。百七十センチにあと一歩足りない幸久より一五センチほど背が高い上に、手足が長くて肩幅が広く……身体の厚みもあって、人混みにいても目を惹《ひ》く。

そんなこと、わかりきっていたはずなのに……これまでになく男前に見えてしまい、心臓が変に鼓動を速めている。

不自然な態度ではなかっただろうか。

それより……問題は、これからだ。

「挙動不審になって、変に思われたらどうすんだ。秋原が意識させるせいだ」

大学での会話が原因になっているに違いないと、秋原の顔を思い浮かべて「バカ」と悪態をついた。

《11》

バスルームを使ってリビングに戻った幸久は、高瀬がリビングテーブルに広げてある書類や写真をチラリと見下ろす。

自分が見てはいけないものがあれば、このまま自室に向かおうと思ったのだが……顔を上げて幸久に気づいた高瀬が、ちょいと手招きをしてくる。

まるで犬か猫を呼び寄せるような仕草だったけれど、そうして「おいで」と示してくれたことにホッとして、ソファに座っている高瀬の隣に腰を下ろした。すると、こちらに顔を向けた高瀬が眉をひそめた。

「こら、ユキ。髪……水が滴ってるぞ。パジャマの肩口が濡《ぬ》れてるし。自然乾燥でも風邪《かぜ》をひく季節じゃないけど、もうちょっと拭けよ」

「わっっ、自分で拭くからいい……って、慶士郎さんっ」

自分で拭くと言ったのに、高瀬は幸久が肩に引っかけているタオルを掴んでグシャグシャと髪を撫で回す。

「手がかかる子だなー」

笑いながら小さな子供の髪を拭くように世話を焼かれて、うつむいた幸久はグッと奥歯を噛みしめた。

成人した男として、露骨に子供扱いされるのは愉快なものではない。でも、九つの歳の差がある高瀬相手だと、「子供扱いするな」と意地を張るより甘えてしまいたいという誘惑のほうが勝ってしまう。

自分は、こんなに甘えたがりだっただろうか。

なんとなく緊張を漂わせた幸久は、丁寧とは言えない手つきでゴシゴシと髪を拭いてくれる高瀬の手に身を任せた。

心臓……が、ドキドキしている。

海外生活が長いせいか、スキンシップを躊躇《ためら》わない高瀬はこれまでも遠慮なく幸久に手を伸ばしてきたし、幸久も当然にように受け止めて意識なんかしたことがなかった。

それなのに、今はいつになく動悸《どうき》が激しい。

「ん……これくらい水分を飛ばしておいたら、あとは自然乾燥でも大丈夫だろ」

頭の天辺をポンと軽く叩いて、高瀬の手が離れていく。

これ以上高瀬に触られていたら、鼓動が高まりすぎて変なことを口走ってしまいそうだったので、よかった。

「ありがと」

ホッとして、頭にかぶせられたままのタオルを摑んだ幸久は、くすぐったい気分を抱えたままポツリと礼をつぶやいた。

「もうちょっと待ってろ。これを片づけたら……構ってやれる」

本当に、幸久を犬か猫のように思っているような口ぶりだ。

幸久は、ゆるく首を横に振って「気にしなくていいのに」と返した。

「帰ったばかりで疲れてるだろうから、おれ、邪魔しないし……休んでいいよ。慶士郎さんの土産《みやげ》話は、明日の楽しみにとっておく」

「あー……いや、もう終わる。それより、ビールとツマミ」

高瀬が差し出したビールのロング缶は、空っぽだ。テーブルの脇には、空になった缶がさらに三つ転がっている。

「……まだ飲むの？　顔色は全然変わってないみたいだけど……リビングで寝落ちされたら、おれの力じゃベッドまで運べないよ」

「ははっ、ユキにお姫様抱っこしてもらおうなんて期待は、始めっからしてない。これくらいじゃ大丈夫だと思うけど、うっかり寝落ちしたらこの場に放っておけ」

「どうせ、おれは慶士郎さんに比べたら貧相で非力ですよ。……わかった。追加のビール、持ってくる」

からりと笑った高瀬に、嘆息してソファから腰を上げた。

高瀬は、彼の祖父の故郷であるドイツビールも美味いけど、日本のビールが一番好きだと常日頃から口にしている。海外帰りで久々に口にする好みの銘柄のビールを、存分に堪能したいと思っても仕方がない。

キッチンに入った幸久は、簡単なツマミと新たなビールを冷蔵庫から取り出して、自分用には低アルコールの甘いサワーを手にする。

高瀬にはジュースみたいなモノだろうと笑われるが、女の子が好むような缶チューハイ一つで充分にほろ酔いになって酩酊《めいてい》感を楽しむことができる自分は、安上がりでいい。

「はい。ビール……と、ツマミ」

ものの十分もかからなかったと思うけれど、幸久がリビングに戻るとテーブルの上はすっきりと片づけられていた。

クラッカーやチーズ、缶詰から移しただけのツマミを並べた皿を置き、よく冷えたビールの缶を手渡す。

すぐに口をつけるかと思っていた高瀬は、テーブルにビールの缶を置くと、ソファの脇にあるバッグを探った。

「確か、ここに入れて……お、あったあった。忘れる前に渡しておくか。コイツは、ユキに土産だ」

「ありがと。……なに？　ペン？」

高瀬が差し出してきたものを反射的に受け取った幸久は、手のひらに乗せたものをマジマジと見つめる。

高瀬は土産だと口にしたけれど、紙袋に入っているわけでもなく、ましてやリボンがつけられていることもなく……剝《む》きだしのペンのように見える。

深い紺色の、ずんぐりとした太目の軸がキレイだ。スクリュー式のキャップを外すと、ペン先は嘴《くちばし》のようになっていて……日常使いの筆記具として馴染《なじ》みがあるものではないけれど、きっと万年筆だろうということはわかる。

真新しいものではなく、どことなく古びた空気を纏《まと》っていて……よく言えば『アンティーク』だろうか。

幸久は、見るからに不思議そうな顔をしているに違いない。クスリと笑った高瀬が、解説をしてくれる。

「ペンっつーか、万年筆だ。コイツには、ちょっとばかり面白い謂《いわ》れがあってさ……怖い話だけど、聞きたいか？」

声を潜めて「怖い話」と言った高瀬を、そろりと横目で見遣った。目が合った幸久に、ニヤリと人の悪い笑みを浮かべる。

これは間違いなく、幸久がどう反応するのか面白がっている顔だ。

「怖い曰くつきのものを、土産って……。しかも、そんなふうに言われたら聞かずにいられれないじゃんか！」

全然知らなければ、少しレトロな雰囲気のキレイな万年筆を外国土産にもらった……と、素直に受け取れるのに。

謂れがあるなどと意味深に言われたら、気になってたまらない。

「ははは、確かにそうか。悪い悪い。ユキの反応が素直でカワイーから、ついからかいたくなるんだよなぁ」

高瀬は笑いながら缶ビールのプルトップを開けて、豪快に喉に流し込む。

たとえ低アルコールのサワーでも、幸久が同じことをすれば五分も経《た》たずにひっくり返るだろう。

「秋原にもよく言われるけど……おれの周りにいるのは、そんなふうにおれをからかって面白がる人間ばかりだ」

「秋原くん、ね。ユキからちょくちょく聞く名前だな。大学で、一番仲のいい友達だったか？」

ビールの缶をテーブルに戻した高瀬は、幸久が口にした『秋原』の名前をポツリと復唱する。

あまり他人に干渉することのない高瀬が、こんなふうに幸久の交友関係を尋ねてくるなど珍しいと思いつつ、コクリとうなずいた。

「うん。本人が言うには、長男気質で世話焼き。おれが有村《ありむら》で、あいつが秋原で……学籍番号が前後したせいでなにかと同じグループになって、嫌でも目につくから、面倒なのに放っておけない……ってさ。おれ、そんなに危なっかしいかなぁ」

はぁ……と、大きなため息をこぼす。

三人兄弟の長男だという秋原には、彼と同じ年で成人した男である幸久が、妹たちと同じくらい頼りなく見えるらしい。

確かに、入学式の日に校内で迷子になっていた時に誘導してくれたし……その後、強引なサークル勧誘に戸惑っていたところを助けてくれたけれど。

あと、十円足りなくて『素うどん』が買えず、食券の販売機の前で途方に暮れていた幸久に「返さなくていい」と食券を買ってくれたこともある。しかもあれは、豪華な『キツネうどん』だった。

思い出したことを指折りながら語った幸久に、なぜか高瀬は苦笑している。

「……俺は秋原くんの気持ちがわかるな。いい友達だ」

「うん。いいヤツだよ。田舎《いなか》者で世間知らずなおれを、笑わないし。あ、それは慶士郎さんもだけど。おれをからかうけど、バカにしない」

秋原を「いい友達」と言った高瀬に素直にうなずいた幸久は、顔を上げて高瀬のことも信用しているのだとアピールする。

「そんなに……信用してもいいのか？　ソレのこと、忘れてるだろ」

ククッと肩を震わせて人の悪い笑みを深くした高瀬は、幸久がいつの間にか右手に握りしめていた万年筆を指差す。

「あ！　そうだった。怖い話……って、なに？」

しっかり握っていたのだから、いまさら手放したところで無意味だろうけれど、恐る恐る右手を開いて万年筆をテーブルに置く。

なんとなくそわそわする心情から逃れようと、サワーの缶を開けて口をつけた。

炭酸の刺激と共に、人工的な桃の味が舌の上に広がる。高瀬はこの甘さが苦手なようだが、幸久はアルコールの刺激を消してくれる甘みが好きだ。

無意識に唇に微笑を浮かべていたらしく、高瀬がククッと肩を震わせた。

「甘いやつ、美味そうだな」

「ん、おいしーよ。慶士郎さんも、飲む？」

嫌な顔で「いらん」と断られる……と。そう予想しながら差し出した缶を、意外なことに高瀬が受け取った。

躊躇う様子もなく口をつけて、

「……やっぱり甘いなぁ」

と、眉をひそめる。

返却された缶を受け取った幸久は、苦笑を滲ませて言い返した。

「飲む前からわかってたと思うのに」

「缶にリニューアルって書いてあるし、おまえがあんまり美味そうな顔をするから、どこがどう変わったのかなー……と興味が出て。あんまり変わってなかったぞ。やっぱり甘い。それも、人工甘味料ガッツリ」

「苦情はメーカーにどうぞ」

ブチブチと文句をこぼしている高瀬をよそに、幸久は戻ってきた缶の飲み口に唇をつける。

頭の片隅に「あ、間接キス」という言葉がよぎったのとほぼ同時に、隣の高瀬が低くつぶやいた。

「間接キス」

「うえっっ！　なに言ってんの、慶士郎さんっっ」

声には出していなかったはず。

でも、まるで頭の中を覗かれたような見事なタイミングで……焦るあまり缶を握る指に力が入ってしまい、アルミ缶がベコリと変形する音が響く。

「ははは、そんなに慌ててんなよ。カワイーから」

「か、かわいくない。からかうなよ」

おろおろする幸久とは違い、高瀬は平然とした顔をしている。余裕を漂わせた、端整な男らしい顔が今は憎たらしい。

幸久が唇を尖らせて抗議すると、笑みを引っ込めることなく「悪い悪い」と言いながら湿気の残る髪を撫で回された。

「また話が逸《そ》れた。その万年筆の謂れだ」

「あ、そうだった！」

テーブルの上の万年筆を指差した高瀬の言葉に、幸久の意識がそこに戻る。

こんなふうに、相手の思うまま呆気《あっけ》なく意識を逸らされるから、単純だと言われてしまうのだ。

「ドイツの田舎町で、別のモノを捜していた時にオマケ的に手に入れたものだ……ってことは、言ったか？」

「いや、初耳」

「ドイツの筆記具メーカーだと、有名どころのモンブランとかペリカンとか……いろいろあるけど、これはそういう意味ではノーブランドだ。ただ、推測される年代としては、一八〇〇年代……万年筆が作られるようになった、初期のモノみたいだな」

「古……じゃなくて、ヴィンテージとかアンティークって言うんだっけ」

幸久の感覚としては、古びた万年筆……だけれど、きっとそこまで年代が遡れば逆に価値が上がっているのでは。

そう思って口にすると、高瀬は「ああ」とうなずいた。

「まぁ、マニアにとっては垂涎《すいぜん》の逸品ってやつだろうな。俺には、古臭い年代物にしか見えないが」

「だよねぇ」

高瀬の「古臭い年代物」という忌憚《きたん》ない一言に同意して、うんうんとうなずく。直後、目が合った高瀬にクスリと笑われてしまった。

「その誕生の経緯が、曰くつきってヤツなんだ。田舎町のばあさんが真顔で真面目に語るには、魔女が作った『魔道具』なんだそうだ」

「……魔道具?」

眉をひそめて、マジマジと万年筆を凝視する。

うーん……幸久には、やはり古びた空気を漂わせるただの万年筆にしか見えない。

魔女やら魔道具という単語から受ける、禍々《まがまが》しい雰囲気やおどろおどろしい感じは……皆無だ。

「そ、魔道具。そいつで書いた願い事は、必ず叶《かな》う……ってさ。ただし」

「た、ただし?」

意味深な声でつけ加えられた一言に、コクンと喉を鳴らす。

魔女の魔道具ということからして、きっと願いを叶えるには恐ろしい代償が必要に決まっている。

幸久の頭の中には、『生贄《いけにえ》』だとか『呪《のろ》い』だとか……ホラー映画で得た、わずかながらの知識がグルグルと駆け巡っていた。

そろりと高瀬の横顔を目にすると、幸久の視線を感じたのか、ぐるっとこちらに顔を向ける。

真顔で口を開いた高瀬が、語るには……。

「叶えてくれる願いの、カテゴリーってやつが問題でなぁ。色恋に関することオンリー、らしい」

「は……あ?」

それはあまりにも予想外で、幸久は素っ頓狂な声を上げて目をしばたたかせた。

色恋……だと?

身構えていた『呪い』やらの、おどろおどろしいものからかけ離れすぎていて、拍子抜けしてしまった。

「な、アホらしーって思うだろ」

「慶士郎さん……おれのこと、からかってんの?」

あまりにも軽い口調だったので、もしかしてこれもからかわれているのではないかという疑念が湧く。

上目遣いで窺《うかが》っている幸久に、「ああ？」と眉間にシワを刻んだ高瀬が右手を伸ばしてきて、グシャグシャと髪をかき乱した。

「単純素直なのがおまえの長所なんだから、変に疑うな。俺は大真面目だぞ。当時の上流階級の貴族様たちのあいだでは、色恋沙汰が最大の娯楽だったらしいからな。静養だかバカンスだかのために田舎に滞在していた酔狂な貴族が、世話になった礼として置いていった……ってのが、言い伝えらしい」

「はぁ……なんとなく、わかるような……わかんないような」

幸久は、ヨーロッパの歴史にはあまり詳しくない。中学や高校の授業で習った程度の知識しか持ち合わせていないけれど、確かに昔の上流階級の人たちは優雅な毎日を送っていたようだ。

情緒のない言葉で言えば、

「昔のお金持ちって、暇だったんだ」

と、いうことだろう。

万年筆を見下ろしながらボソッとつぶやいた幸久をチラリと見遣った高瀬は、肩を震わせて笑っている。

「ま、そういうことだな。インクの残りが少ないみたいだが、ちょっと特殊な構造のせいで補充の仕方がよくわからなくて、あとどれくらい書けるか……予想できん。そいつ、おまえにやるよ。恋のオマジナイ、試してみろ。……っと、肝心なことを聞いてなかった。新しい彼女はできたか?」

ニヤニヤと笑いながら彼女ができたかと訊いてくる高瀬は、尋ねていながら……幸久に彼女などできないと、決めつけているに違いない、

「大学に入って七人目の彼女にフラれたところ。おれだって、モテないわけじゃないんだからな」

子供扱いされているような態度が悔しくて、つい、そんなふうに言い返してしまった。

すると、高瀬の顔から笑みが消えて意外そうな表情になる。

「へーえ……七人目か。そりゃ予想外だな。草食系の奥手男子かと思えば、実は肉食系なのか。羊の着ぐるみで偽装した、狼《おおかみ》だって? そんなに女の子を泣かせているとは……酔っ払いオヤジのセクハラに、涙目で困っていたユキを知っている身としては、頼もしいような……あの頃の純粋なユキはもういないのかと悲しいような、複雑な気分だ」

「な、泣かせてないって。おれがフラれてばっかりだし。それも、キスどころか手も握らないなんて小学生以下だとか言われて……っ」

余計なコトまで言った‼

そう気づいて慌てて口元を手で覆ったけれど、高瀬の耳にはバッチリと届いてしまったらしい。

目をパチクリさせて、マジマジと幸久の顔を見下ろし……爆笑した。

「あはははっ、そいつはまた……。クックックッ……おまえらしい……っつーか……」

「そうやって笑われるのがわかってたから、言いたくなかったのに」

「俺は脅して吐かせたわけじゃないぞ。おまえが勝手に暴露したんだろ」

「そうだけど……うぅぅ……」

幸久が唸《うな》っていると、ひとしきり笑って気が済んだのか、高瀬がテーブルに置いていた万年筆を取り上げた。

「ま、役に立てばいいな。眉唾物の謂れだが」

「……ありがと」

信憑性《しんぴょう》の乏しい『謂れ』はともかく、せっかくの高瀬からの土産だ。素直に受け取っておこう。

手のひらに乗せた万年筆をジッと見下ろした幸久は、恋のオマジナイかぁ……と心の中でつぶやいて、なにげなく視線を高瀬に向ける。

その直後、こちらを見ていたらしい高瀬とまともに目が合ってしまい、しどろもどろに口を開いた。

恋のオマジナイ……と考えながら『誰』を思い浮かべたのか。高瀬にわかるはずがないのに、何故か見透かされたような気分になって焦る。

「あ……慶士郎さん、疲れてるよね。おれ、部屋に戻るからゆっくり休んでよ。お、おやすみなさいっ」

勢いよくソファから立ち上がり、早口でそう言い残した幸久は、万年筆を握りしめたまま逃げるように自室へと駆け込んだ。

心臓が、ドキドキしている。高瀬と二人で飲みながら話したことなど、これまでも何回もあったのに……。

「おれ、本当に慶士郎さんが好きなのかな……」

秋原に指摘されて高瀬への感情を『恋』だと考えつかなければ、こんなにドキドキしなかったかもしれない。

「これだから、どんくさいって言われるんだ」

誰かに言われて初めて、自分の想いに気づくなど……どんくさいと言われても仕方がない。

ふぅ……と吐息をついた幸久は、万年筆を手にしたままベッドに寝転がった。

目を閉じて、記憶を辿《たど》る。

高瀬と初めて逢ったのは、大学進学のために地方から上京してきて、さほど経っていない頃……アルバイトを始めた、小さな居酒屋だった。

養育してくれていた祖父母の経済状況を考えれば、東京《とうきょう》の大学に行きたいというのは無茶な我がままだと自覚していた。

学費の大半は奨学金でなんとかなっても、家賃を含む都会での生活費は決して安くなく……年老いた祖父母に甘えることはできない。

住《す》み処《か》は、格安で借りられる駅から徒歩二十分の年代物のアパートを見つけた。あとは、生活費の足しにするため、学業に支障をきたさない程度にアルバイトをしなければならないことは確実だった。

大学の学生課に相談した結果、アルバイト代がそこそこよくて食事を提供してくれる……一石二鳥の居酒屋を選んだのだ。

都会の居酒屋でのアルバイトを始めてすぐの頃は戸惑いばかりだったけれど、高瀬と出逢うきっかけとなったあの居酒屋をアルバイト先に選んだことは、人生最大の幸運だと思っている。

《三》

ポッポッと山間に点在する集落の一つ、幸久が祖父母と共に住んでいた地区は、総世帯数が五十に満たないところだった。

しかも、近くに自分と同じ年頃の子供はおらず、小中学校は周辺の地区との合同で九学年合わせても生徒数は二十人そこそこ。山道を、徒歩で一時間半かけて通った。それも、幸久が小学校五年生の時に廃校になり、山を越えた隣町の学校に統合されたおかげで、以降はスクールバスの世話になった。

一番近くの電車の駅までは、一時間半に一本のバスで四十分。駅から地区へのバスの最終便は、十九時ちょうどだ。

最低限の日用品を買うには地区の中心に老夫婦が営む商店があるけれど、本や服が欲しいと思えば、通信販売を利用するか大型ショッピングモールがある隣町に出かけなければならない。

新幹線に初めて乗ったのは小学校六年生の時の修学旅行で、高層ビルが立ち並び大勢の人が行き交う都会は、異世界に来てしまったのかと思って怖かった。

そんなのんびりとした田舎で、昔気質《むかしかたぎ》な祖父母に育てられた幸久にとって、大学進学をきっかけに独り暮らしすることになった都会は『魔境』のように感じた。

……と、雑談ついでに語った幸久に、大学の入学式以来の友人である秋原は「おまえ、魔境って、なんだそれ」と学食のテーブルを叩きながら爆笑したけれど、冗談ではなく毎日がサバイバルのようだったのだ。

地元の駅にはなかった自動改札は、機械によっては両方向から入れる設定で、前から向かってくる人の勢いに負けてなかなか進むことができない。

ようやく前から来る人の波が途切れたかと思えば、通り抜けるタイミングが難しくて何度も挟まれるし、電車に乗れば酔う。

スクランブル交差点は、人に流されて目的地に辿り着けずに何度も渡り直すはめになる。

初めて、道端の自動販売機に『冷たいお飲み物はいかがですか』と話しかけられた時は、心臓が止まるかと思うほど驚いた。

反射的に「結構です！」と答えつつ、どこから誰が見ているのだと周辺をキョロキョロ見回して、通行人に笑われてしまった。

特に、アルバイト先の居酒屋では驚きの連続だった。

幸久の住んでいた地区では居酒屋というものがほとんどなく、『宴会』は個人宅での催しだった。

最近になって、近所と呼べる場所にファミリーレストランが出店したけれど、幸久の家があるあたりからは車でしか行けない距離だったこともあり、外食先で飲酒するという行為は頭になかった。

今でこそある程度慣れたものの、アルバイトを始めた当初は、きちんとしたスーツを着ているのに酔い潰れて前後不覚に陥っている中年男性を目の当たりにして、戸惑ったものだ。友人曰く、幸久は『ボケている』そうなので、酔いに任せて絡んでくる大人の男をうまくあしらえるわけもなく……あの日も、店の戸口で座り込む泥酔した男性客の扱いに苦慮していた。

「あの、お連れ様帰られましたよ。タクシー、呼びましょうか」

この状態の男性を放置して帰宅した会社の関係者らしき男性たちに、頭の中で『この人も連れていってくれよ〜』と恨み言をこぼしつつ、しゃがみ込んで話しかける。

困った……が、この場をなんとかできるのは自分だけなのだ。

この時間は、たまたまシフトに入っているのが女性ばかりなのだ。店長は男性だけれど、厨房《ちゅうぼう》で調理にかかりきりになっている。フロアスタッフの中では男手が幸久だけなので、他に助けを求めようがない。

「んー……水」

ぼんやりとした目で幸久を見上げた男性客は、自分が誰かわかっていないかもしれない……と思いながら、うなずく。

「はい、すぐにお水を用意しますので……えーと、とりあえずここから移動してください。出入り口ですし、地べたに座り込んでいたら服が汚れますよ」

「ああ……うん」

さりげなく腕を引いて、ふらふら危なっかしい酔っ払いを立ち上がらせる。意外と素直に腰を上げてくれたことが幸いだ。

店の奥、今は客のいない座敷に誘導すると、強化プラスチックのコップに水を注いで男性に差し出した。

「どうぞ」

床から三十センチほど高くなっている座敷の端に腰かけた男は、通路に立ったまま背中を屈《かが》めた幸久をぼんやりと見上げる。

「お水です」

「あー……」

喉の奥で唸るように返事をして、幸久が差し出したコップを受け取り、勢いよく水を喉に流し込んだ。

あっという間に空になったコップを投げるように畳の上に転がすと、グラリと身体をふらつかせる。

「あ……危なっ」

幸久は、後ろに倒れ込みそうになった男性の背中に手を回して咄嗟《とっさ》に支えた。畳なのでダメージはさほどないはずだけれど、勢いよく転がってしまってテーブルの角で頭をぶつけたりして怪我《けが》をしたら大変だ。

「んーん……君、優しいねぇ。よく見たら、カワイイ顔をしている」

幸久の肩を両手で摑んだ男は、そう口にしてマジマジと顔を覗き込んでくる。

推定年齢は、四十代後半……五十には手が届かないあたりか。会社ではきちんと整えているはずの髪は、今は乱れに乱れている。

失礼ながら、酔っ払った男性の顔はあまりアップで見たくはない。それに、酒くさい息を至近距離で吹きかけてくるのは勘弁して欲しい。

「はぁ。えっと、ここで少し休んでくださっていいので……あ、会計はお連れ様が済まされていますが、お帰りになる際はひと声かけてくださいね」

そう言い残してそくさと逃げようとしたのに、男性は幸久の肩から手を離してくれなかった。

「学生？　最近の子は、男でも女の子よりカワイかったりするよなぁ。こーんなカワイイ子に優しくされたら、オジサンなんてヨロメキそう。もっと話そうよ」

「はは……本物の女の子に怒られますよ。あの、おれバイト中なんで、手……を」

離せ、と……強く言えない。

先輩アルバイトからは、「酔っ払いはまともに相手するな。ムカッとしても言い返したり刺激したりせずに、適当にかわせ」と教えられているのだ。

その、『適当に』というのが、幸久にはよくわからなくて難しいのだが。

「まぁまぁ、ちょっとくらい、ダイジョーブだろ。真面目な子だねぇ」

「そ……でもないですが、あの、ですから手……を」

どうして、男の手が肩から移動して……背中を撫で回しているのだろう。幸久が戸惑っているうちに、背中で結んだエプロンの紐《ひも》を解いて胸元までさぐってくる。

「ええっと、ですから手……」

「女の子じゃないんだから、ちょっと触られたからって騒ぐなよ。これくらい、触るってほどでもないだろ」

「でも、あの……ですね」

確かに女の子ではないのだから、少しくらい胸元を触られたところでどうということはないけれど、ハイどうぞと触らせるのもよくない気がする。

どうすれば、波風を立てずにこの場を収められるのか……。

座敷の奥、メニューを掲示してある壁に視線をさ迷わせていると、背後から低い声が降ってくる。

「オッサン、若い子へのセクハラ楽しそうだなぁ。最近は会社じゃいろいろうるさいだろうから、こんなところで発散か。憐《あわ》れだねぇ」

「な……」

口調は淡々としていながら、棘《とげ》と皮肉をたっぷりと含んだセリフに、男の手の動きがピタリと止まった。

幸久も目をしばたたかせて、声の聞こえてきたほうを振り仰ぐ。

幸久のすぐ後ろ……通路から座敷を覗き込むような体勢で、長身の男が立っていた。

「あ」

この人は……週に二、三度やってくる常連さんだから、幸久も顔を知っている。いつも一人きりでやってきて、カウンターの隅で酒を飲みながら静かに食事をして一時間ほどで帰るのだ。

若い、きっと二十代の男の人がそういう飲み方をするのは珍しいので、店長が呼びかける名前……『高瀬さん』というのも自然と覚えてしまった。

最初の一杯に頼むビールは黒ヱビスで、その日のオススメを肴《さかな》にしつつ焼酎《しょうちゅう》をロックで二杯か三杯……という、彼の好みまで把握している。

一言こぼしたきり言葉の続かない幸久と、無言で険しい顔をしている男性客を見下ろしていた高瀬は、ひょいとしゃがみ込んで手を伸ばした。

「ふーん？　タカハラ物産。割といいトコロにお勤めで。へー……営業課長」

口数がさほど多くなく、落ち着いた物静かな人だと思っていたのに……名刺らしき白い紙片を手にした彼は、これまで幸久が知らなかった雰囲気を纏っていた。

口調を荒らげるわけではないし、乱雑な空気を漂わせているわけでもない。ただ、なんとも形容し難い迫力が全身から滲み出ていた。

こうしてきちんと正面から顔を見たのは初めてだけれど、涼しげな切れ長の目にスッと通った鼻筋、まるでテレビに出る人のように男らしく整った容貌だ。

幸久の田舎ではついぞお目にかかったことのない『男前』で、状況も忘れてポカンと見惚《みと》れてしまった。

「おまえ、人のモノを勝手に……返せっ！」

「……あ」

男が焦りを含む声を上げたことで、ようやく我に返る。戸惑っている幸久の胸元を押した男が伸ばした手を、高瀬は軽々とかわした。

「そこに転がっていたカバンから、はみ出ていたのを拾っただけだ。物騒な世の中なのに、ずいぶんと無防備だな。セクハラ画像と一緒に流したら、一瞬で会社中……取引先にまで拡散するだろうなぁ」

高瀬は、淡々とした口調でそう言いながらズボンのポケットからスマートフォンを取り出して、男と幸久に向ける。

「やめろっっ！　くそっ」

泥酔してろくに身動きができなかったはずの男は、腕で自分の顔を隠しながらよろよろと立ち上がる。

もう幸久を見ることもなく、黒いカバンを小脇に抱えて店を出ていった。

座敷の上り口に膝をついた体勢で残された幸久は、あまりの急展開に唖然《あぜん》とした面持ちで高瀬を見上げる。

「……名刺は取り返さなくてよかったのか？　やっぱり酔っ払いだな。最後のツメが甘いっつーか……ただのバカか」

男の背中を目で追った高瀬は、ふんと鼻で笑い、手に持っていた名刺をグシャグシャに丸めて……近くのテーブルの端にある灰皿へと投げ込んだ。ついでのようにポケットからライターを取り出して、丸めた紙片に火を点《つ》ける。

燃え上がったオレンジ色の炎は、小さな紙片を数十秒で黒い灰に変えた。

「燃やす……流さなくていいんですか？」

燃え切らなかった紙片の白い部分を見下ろした幸久は、思い浮かんだことをポツンと口にする。

すると、高瀬は意外そうな声を上げて幸久を見下ろしてきた。

「ああ？　おっまえ……カワイイ顔して容赦ないなぁ」

「えっっ、高瀬さんが言ってたから……っ。あ、そうか。灰にして流すんですね。うっかり詰まったら、大変だ」

なるほど！　と手を打った幸久に、高瀬は何故か眉間にシワを刻む。唇を引き結び、視線は幸久に当てたままだ。

そんなに凝視されると、居心地が悪いというか、なんとなく恥ずかしい。

座敷の畳から膝を浮かせて立ち上がり、片づけのために灰皿を持ち上げた幸久に、高瀬は怪訝《けげん》そうな顔のままポツリと尋ねてきた。

「……どこに流すって？」

「え、流すのはトイレ……か、排水口ですよね？　あ、でもこれくらいだと生ごみとして処理しちゃってもいいかな。店長に聞いてみます」

幸久が聞かれたことに答えると、高瀬は大きく肩を上下させた。

「あー……なるほど」

特大のため息をついて、

「なんだ。カワイイ顔した腹黒じゃなくて、ただの天然チャンかよ」

と、続けた高瀬は……クッキリ刻んでいた眉間のシワを解いて苦笑している。

その『天然チャン』というのは、友人の秋原にもよく言われる言葉だ。でも、幸久はどうにも納得できない。

「おれ、天然ですか？　どちらかといえば、直毛……剛毛だと思いますが」

秋原にも返した言葉と同じセリフを口にしつつ、自分の髪に手をやって首を捻る。

いくら、自他共に認める田舎育ちの世間知らずでも、天然パーマがどんなものかくらいは知っているつもりだ。

クククッと肩を揺らして笑みを深くした高瀬は、手を伸ばしてグシャグシャと髪を撫で回してきた。

「んー……そうだな。真《ま》っ直《す》ぐストレートだ。でも、剛毛ってほど硬くないぞ。艶々のサラサラで手触りがいいなぁ。カラーリングとかしてないみたいだから、傷んでないせいか」

「カラー？　とかは、一度もしたことないです」

大学の教室で声をかけてくる女子たちは、「黒髪もいいよねぇ。逆に目立つし。さすがモテ男。自分を際立たせる方法が、わかってるなぁ」とか話しかけてくるし、男子は「スカしやがって、タラシ」と舌打ちをしたりするけれど……実は、なにを言われているのか半分くらい理解できなかった。

その場をやり過ごすために愛想笑いをしつつ、「えー、そうかなぁ」とのんびり答える幸久に、一緒にいた秋原は「天然チャンって、こうやって無意識に敵を作るのか。今の時代、損することも多いよなぁ」などとこぼして、何故か深いため息をついていたのだが。やはり幸久には、よくわからなかった。

薄く笑みを浮かべて幸久を見ている高瀬も、黒髪だ。でも、こうして近くで見ると瞳の色が真っ黒ではない？　ヘーゼルナッツのような、淡い色……照明の加減でそう見えるだけだろうか？

ジッと高瀬の目を見つめていると、

「あの感じじゃ、仕返し……とかは考えないだろうが、念のため店長に話しておくか。しばらくは、身の周りに気をつけろ。……つくねが冷めたな。あたため直してもらおう」

高瀬は、そう言いながらポンと幸久の頭を軽く叩いて身体の向きを変える。最後のセリフに、ハッとした。

もしかして、いや……間違いなく、高瀬は食事を中断してまで幸久に助けの手を差し伸べてくれたのだ。

一番大事なことを、うっかり失念するところだった。

咄嗟に高瀬の背中に手を伸ばし、シャツの裾を摑む。

「お？」

「あのっ、おれを助けてくれたんですよね。お礼が遅れてすみません。ありがとうございました！」

振り向いた高瀬に向かい、一気にしゃべって深々と頭を下げる。

高瀬は、「ご丁寧に、どーも」と戸惑いの滲むつぶやきをこぼして、再び幸久の頭にポンと手を置いた。

「礼はいいから、エプロンを直せ。なんか卑猥《ひわい》だぞ」

そう言いながら、両手を背中に回して男に解かれていた幸久のエプロンの紐を結んでくれる。

「ひわい……って？」

「そこにツッコむな、天然」

頭を上げると、すぐ近くに高瀬の顔があって……間近で目にしても端整な容貌に、なんとなくドギマギした気分になる。

顎のあたりにポツポツと生えかけた髭が見えるほどで、さっきの男性よりもずっと距離が近いのに、不快感はまったくなかった。

「重ね重ね、ありがとうございます。あ、おれ……有村幸久です」

そういえば、きちんと名乗っていなかったかといまさらながら思いつき、名前を告げる。

名字はエプロンの胸元にあるネームプレートに記しているけれど、礼儀としてフルネームを名乗った。

「ユキヒサ、か。それで、店長にユキって呼ばれてたんだな。俺は高瀬慶士郎だ。職業は、そうだな……トレジャーハンターだ」

「トレジャーハンター……」

って、なんだろう?

天井に視線を向け、復唱した声にも表情にも疑問を滲ませているだろう幸久になにを思ったのか、高瀬はニヤリとどこか人の悪い笑みを浮かべる。

「格好いいだろ」

「はい」

よくわからないが、その言葉の響きはなんだか格好いい。

そう思ったから、コクンとうなずいたら……大きなため息をついた高瀬は、脱力したように眉尻を下げる。

「からかいがいが、あるのかないのか……微妙だなぁ。まぁ、いい。飯の続きに戻っていいか?」

身体を捻ってカウンター席を指差した高瀬に、礼のつもりで引き留めて、重ね重ね申し訳ない……と肩をすくませる。

「あのっ、じゃあおれになにかご馳走《ちそう》させてください! 店長に、おれのバイト代から天引きするように言っておきますので」

お礼とお詫《わ》びを兼ねて、と。

思いつきを口にすると、高瀬は何故か、またしても眉間にシワを刻んだ。

「バーカモノ。年下に奢《おご》られるなんて、みっともないことができるかよ。ユキちゃん、学生だろ？」

「でも、それじゃ気が済まない……です。他にお礼なんて、できないし」

育ての親である祖父には、礼儀を欠くなと言われている。なにかお礼をしなければ、気が済まない。

そんな決意が瞳《ひとみ》に滲んでいるのか、高瀬は困ったような顔でしばしなにか考えていたけれど、ふっと息をついて口を開いた。

「……それなら、おまえがなにか作れよ。食材も調理器具も、ここにはたんまりとあるだろ。な、店長。いいか？」

そう言い出した高瀬が、振り向いてカウンターの内側に立つ店長に了解を求める。これまでの自分たちのやり取りが聞こえていたであろう店長は、「高瀬さんがそれでいいなら」と、苦笑してうなずいた。

「おれ、が……ですか。ばあちゃんに教えられた、煮物くらいしかできませんが。横文字の名前の料理とか、凝ったものは無理ですよ？」

そう返した幸久に、呆気に取られたような顔をしていた高瀬だったけれど、パチパチと目をしばたたかせてククク ッと笑い出す。

「……最近のワカモノって風貌で……つくづく見てくれを裏切るヤツだな。面白れぇ」

また笑われてしまった。自分のなにが、おかしかったのだろう。

ひとしきり一人で笑った高瀬は、戸惑うばかりの幸久の背中を押して、カウンターの内側へと促した。

「リクエスト。簡単な、酒のツマミになるものだ」

「あ、はい」

小さく数回うなずくと、店長と視線を合わせる。

広いとは言い難い厨房の真ん中に立っていた店長は、大きな身体をずらして幸久に調理場を譲ってくれた。

「食材は、あるものを適当に使え。……でき如何《いかん》では、調理補助もしてもらうかな。時給、上げてやるぞ」

「……頑張ります」

時給を上げてやるという一言に、さらに気合いが入る。

幸久は、まな板の脇にある使い込まれた包丁を見下ろして表情を引き締めた。

《四》

ベッドに転がって、高瀬と距離が近づくきっかけになった小さな事件を回想していた幸久は、天井を見上げてため息をつく。

「あの時の慶士郎さん、すっごく格好よかったなぁ。本当に、戦隊物のヒーローみたいに見えたし」

今になって思い起こしても、酔っ払いのサラリーマンから助けてくれた高瀬は格好よかった。

あの一件以降、週に何度かやってくる高瀬と、ポツポツ個人的な会話を交わすようになったのだ。

秋原たち大学の友人や、バイト仲間にまで『天然ボケ』と言われる幸久はその後も幾度となく酔客に絡まれ、毎回のようにタイミングよく居合わせる高瀬に助け舟を出されて、数え切れないほど『またか』とため息をつかれることになった。

きっかけがきっかけだったこともあり、高瀬は幸久を手のかかる弟のように認識してくれたようだ。

幸久も、店長曰く「すっかり懐いたなぁ」と笑われるほど高瀬に親愛の情を向けることとなり、来店を心待ちにするようになった。

馴染みの常連客と、アルバイト店員。

それだけの関係だったのが大きく変わったのは、当時幸久の住んでいた年代物のアパートで大量のシロアリが発生したことだった。

一階の住人が少なかったこともあり、床下で増殖していたシロアリの発見が遅かったせいで修理が不可能なほど腐食していて、取り壊されることとなった。建て替えも検討したそうだが、高齢のオーナーがアパート経営から手を引くことを決め、幸久を含む住人は退去せざるをえなくなったのだ。

急遽《きゅうきょ》転居先を探さなければならなくなったのだが、引っ越し費用を含むイレギュラーな出費は想定外で、生活費に余裕のない幸久は頭を抱えていた。

アルバイトが終わり、賄いの食事を食べながらなにげなく「どうしようかな」とこぼした幸久に、居合わせた高瀬が予想もしていなかった助けの手を差し出してくれた。

「じゃあさ、俺のとこ来るか？　使ってない部屋があるし、俺は国内外をあちこちうろついていて、ほとんど自宅にいないから……管理人っつーか、留守番だな。光熱費だけで、家賃もいらないぞ」

藁《わら》にも縋《すが》りたい状況だった幸久は、高瀬の手を両手でガシッと握って「ありがたいです。

お願いします！」と即答したのだが……経緯を話した秋原はピタリと動きを止め、しばらく無言で目を瞠っていた。

ようやく口を開いた秋原曰く、

「お……おまえら、オカシイだろ。気軽に誘う高瀬氏も無防備っつーか警戒心がなさすぎるし、それにホイホイと乗るおまえも、どうかしてるぞ」

……らしい。

常識人を自称する秋原にとって、幸久は「非常識の塊」だそうだ。それでも、あれから約一年……秋原の心配をよそに、幸久は居候させてもらっている高瀬のマンションでこうして平和に過ごしている。

最初は「おかしい」とか「大丈夫か」と気を揉《も》んでいた秋原も、今では冗談半分に笑いながら「胡散臭い」と話のネタにする程度には、高瀬を信用しているようだ。

高瀬に対する信頼感、一緒にいたら楽しくて……世界のあちこちを放浪している彼の話は面白くて、あっという間に時間が経って夜が明けてしまう。これまでつき合ったことのある彼女たちと一緒にいる時とは時間の流れる速さが違うみたいで、不思議だ。

高瀬とは、空気が馴染むと言うのだろうか。理屈を言葉では説明できないけれど、他の誰といるよりも気を許せるし安心できる。

それが、秋原の言う『恋』だとは……考えたこともなかったが、それ以外にしっくりくる形容詞はないように思う。

「慶士郎さんが、好き？……うわぁ」

改めてつぶやくと、途端に心臓がドクンと大きく脈打った。猛スピードで鼓動を打つ胸元に手を置いて、深呼吸を繰り返す。

どうして、今まで一カケラもその可能性を考えなかったのだろう。こんなに、ドキドキするのに……。

「こんなだから、鈍いって言われるんだ」

秋原に「鈍い」と言われるたびに「そうかなぁ。山が遊び場だったし、どちらかと言えば俊敏っていうか……野生児だと思うけど」と首を捻っては「身体能力の話じゃない。鈍感ってことだ」などと呆れられていたけれど、今ではあのセリフを否定できない。

「でも、慶士郎さんは……おれなんか、眼中にないだろうな」

せいぜい、手のかかる弟……というあたりだろうか。

話すようになったきっかけがアレだし、あまりにも幸久が危なっかしいので、世話を焼いてくれているだけに違いない。

好きなどと言っても、きっと「そいつはサンキュー」などと聞き流されてしまう。フラれるとか、それ以前の問題だろう。

まさか、幸久が恋愛云々《うんぬん》で自分に好意を抱いているなんて予想もしていない……。

「恋愛……色恋沙汰《ざた》だけに有効な、魔道具」

ふと、先ほど高瀬からもらった、ベッド脇の机に置いてある万年筆が頭に浮かんだ。転がっていたベッドから勢いよく身体を起こして、床に足を下ろす。

机を見下ろした幸久は、恐る恐る万年筆を手に取った。

魔女が作った、魔道具。

それも、色恋に関することだけに効果がある……なんて、高瀬の話を真に受けているわけではない。

でも、窓の外から差し込む月光を浴びた万年筆は、どことなく不思議な空気を漂わせていて……そっと目の前に翳《かざ》してみる。

「インク、残り少ないって言ってたなぁ。こんなに年代物の感じでも、万年筆って書けるのかな」

ボディは濃い色なので、月光に翳しても透けるわけではなく、インクの残量を目で見て確かめることはできない。

鉛筆やシャープペンシル、ボールペンなどは親しみのある文房具だが、よく考えれば万年筆は手にすること自体初めてだった。

「キレイな文房具だとは思うけど……って、え……?」

月明かりの下、万年筆の向きを変えてマジマジと見つめていた幸久は、万年筆が月光を吸い込んでキラリと光ったような……奇妙な錯覚に、目をしばたたかせた。

ギュッと瞼《まぶた》を閉じて、目を開き……右手に持っている万年筆を凝視する。万年筆全体が、ぼんやりと青白い光を放っているみたいだ。

「んー……？　そんなに酔ってない、はずだけど」

高瀬の話を聞きながら口にしたのは、缶チューハイを一本……半くらいか。

ふわふわとした心地で、ほろ酔い気分ではあるけれど、幻想が見えるほどの酔い方はしていないつもりだ。

でも、こんなふうに幻覚が見えるということは、自覚している以上に酔っ払ってしまっているのだろうか。

「あはは、魔道具って……そんなわけないし」

なんとなく不気味さを感じた幸久は、無理やり笑って月光に翳していた万年筆を机に戻した。

魔女が作った魔道具なんて、存在するわけがない。

でも……目が逸らせないのは、どうしてだろう。

「だいたい、オマジナイ……って、子供騙しな響き」

高瀬が、揶揄《やゆ》する笑みを浮かべながら口にしたセリフをポツリとつぶやく。

いつものように、古びた万年筆をそれらしい『魔道具』だなどと言って、単純な自分をからかっているのだ。

きっと高瀬の冗談だと頭の隅では考えているのに、幸久の手は自然と万年筆のキャップを外し……ペン先を机の隅に置いてあるメモ用紙に押しつけた。

「あ、書けた」

黒に近いブルーブラックのインクがじわっと滲み出て、白い紙に小さな点が打たれる。

無意識に万年筆を握っている手に力がこもり、コクンと喉を鳴らした。

魔が差した、とでもいうのだろうか。

幸久は、酔っているのだと自分に言い訳して、素面《しらふ》なら思いもつかなかっただろう行動に出た。

「魔道具、かぁ。慶士郎さんと、恋人になる……とか」

つぶやきながら、なにか見えない力に操られているかのように、万年筆を握った右手をスルスルと動かす。

白い紙の上、ブルーブラックの文字が浮かび上がっているように見えて……唐突に我に返った。

「うわっっ！　おれ、なにやってんだ！」

焦った幸久は、慌てて万年筆を机の上に投げ出すと、メモ用紙を台紙から千切って手の中でグシャグシャに丸める。

心臓が、ドクドクと猛スピードで脈打っている。酔いに乗じた出来心とはいえ、バカなコトをしてしまった！

激しく脈打つ心臓の鼓動を感じながら、強く拳を握った。

「ど、どうしようコレ。変な捨て方して、慶士郎さんに見られたら……」

動揺のあまりジッとしていられなくて、丸めた紙を右手に握りしめたまま、うろうろと室内を歩き回る。

絶対に高瀬の目に触れない、確実な証拠隠滅の方法は……。

「も、燃やしちゃえ！」

そうだ。一番いいのは、灰にしてしまうことだ。燃やしてしまえば、跡形もなく存在を消せる。

名案に思い至った幸久は、すぐさま実行に移そうと自室を出た。リビングのテーブルには、高瀬の灰皿があるはずなのだ。

きっと、いつものように灰皿の脇にライターを置きっぱなしにしているだろうから、あそこで燃やしてしまえばいい。

廊下から窺ったリビングは静まり返っていて、電気も灯っていない。

三十分ほど前、幸久に「おやすみ」と告げて自室に入った高瀬は、すっかり寝入っているに違いない。

それでも幸久は用心に用心を重ねて、物音を立てないよう気配と足音を殺して、そろそろとリビングに歩を進めた。

思った通りに、テーブルの上には灰皿と使い込まれたライターが置かれている。この二つがあれば、証拠隠滅は容易《たやす》い。

「……はぁ」

ホッとして握りしめていた右手から力を抜き、灰皿の真ん中に丸めたメモ用紙を置いた。ライターを手に取り、慣れない手つきで火を点けようと指先に力を込める。

「あ……れ？　っ、これでいいはず……なのに」

カチカチと小さな音とかすかな火花が散るけれど、なかなか炎が上がらない。

高瀬のライターはよくある使い捨てのプラスチックボディのものではなく、使い込まれた海外製のズッシリとした金属製のものなので、操作に慣れていない幸久では簡単に火を点けられないようだ。

「早く、早くっ」

そうして焦れば焦るほど、思うように指が動かない。

いっそ、ガスコンロで火を点けてしまえばいいのでは。

ようやくそう思いついて、高瀬のライターから手を離した。灰皿に置いた紙に指を伸ばしたところで、背後から低い声がかけられる。

「ユキ？　どしたぁ？　電気も点けずになにやってんだ？」

高瀬の声と共に、パッと目の前が明るくなった。

薄闇に慣れていた目には、明色のシーリングライトの光はまぶしくて、眉間にシワを刻んで瞬きをする。

「なっ、なんでもないっ！　慶士郎さんこそ、寝てたんじゃ……っ」

返す声が上擦り、おろおろと手を泳がせる。

きっと、今の幸久は恐ろしく挙動不審だ。間違いなく、動揺を隠せていない。

振り向くことができずに、「どうしよう」と視線を泳がせていると、リビングの入り口にいた高瀬が大股で歩を進めてきた。

「んー……時差ボケで、なかなか寝られねんだよなぁ。あと、煙草の火を完全に消したかどうか自信がなくてさ、確認……って思ったんだけど……」

幸久の隣で足を止めた高瀬は、きっと不審そうな表情をしている。

顔を上げて確かめることはできないけれど、いつもハッキリとしゃべる彼らしくなく語尾を濁したのだ。

「あれ？　俺、こんなの灰皿に入れてたっけ」

首を傾げた高瀬が手を伸ばしたのは、煙草の吸殻があるべき灰皿の真ん中で異彩を放つ、くしゃくしゃに丸めたメモ用紙……。

「……あ！」

バカ。おれのバカッ。

予想外に高瀬が登場したことで動揺していたからといって、どうして、さっさとメモ用紙を隠さなかったのだろう。

心の中で迂闊《うかつ》な自分を罵《ののし》っても、後の祭りだ。幸久がうろたえているあいだに、高瀬の指は丸めたメモ用紙をつまみ上げてしまった。

「慶士郎さんっ、それ……おれがっ、燃やそうと」

「ん？　おまえ、俺には灰皿でモノを燃やすなって言っておいてさぁ」

幸久が手を伸ばして取り返そうとするより早く、そう言って苦笑しながら高瀬の指がグシャグシャになっていたメモ用紙を開いてしまった。

シワだらけの紙に、なにげなく視線を落とし……と、そこまでは確認したけれど、高瀬の反応を目にするのが怖くて顔を背ける。

「………」

高瀬は無言だ。

でも、ブルーブラックのインクで記した短い文字は、難なく高瀬に読まれてしまっただろう。

慶士郎さんと、恋人に……と。

誰がこんなものを書いたのだなんて愚問、尋ねるまでもないはずだ。ここには、自分と高瀬しかいないのだから。

怖い。高瀬は、どんな顔をしているのだろう。今すぐ、ここから消えてなくなってしまいたい。

この場から、高瀬の前から走って逃げ出したいのに……足が床に縫い留められてしまったみたいになっていて、ピクリとも動くことができなかった。

どうして高瀬は、一言もしゃべらない？

沈黙が、恐ろしく長く感じる。苦しい。喉の奥で息が詰まっているみたいだ。

「幸久」

「……ッ」

低い声がポツリと幸久の名前を呼び、それが合図になったかのように全身の強張《こわば》りが解ける。

沈黙が息苦しくてたまらなかったのに、今度はなにを言われるのか怖くて居たたまれない。

両手で耳を塞いで、しゃがみ込んでしまいたい。

「ユキ」

もう一度、促す響きで呼びかけられた幸久は、聞こえていないふりをすることもできずに背けていた顔をのろのろと戻した。

高瀬の姿が、視界の端に映る。意気地なしと言われようが、目を合わせることはできなくて、落ち着きなく視線を泳がせた。

「これ、あの万年筆で……おまえが？」

高瀬の声が、いつになく硬い。

慣れ親しんだ、自分をからかう際の笑みを含んだものではなくて、低く訝《いぶか》しげな響きが幸久の胸に突き刺さる。

言い訳。言い訳は……どうすればいい？

なんとか誤魔化さなければならない。高瀬に気持ち悪がられて嫌われることだけは、絶対に避けなければ。

「ッ……ふ、ぅ」

緊張が最高潮に達した瞬間、苦しさに負けて詰めていた息を吐き出す。

その吐息につられたかのように、幸久の唇からは頭に浮かぶままの言葉が止めどなく溢《あふ》れ出してしまった。

「そ、それは……っ、実験、してみただけ。慶士郎さんが、魔道具だなんておれをからかうから、なんていうか……試しに書いてみたんだ。ほら、あり得ないこと書いたら、魔道具なんてデタラメだって確実に証明できる……し。酔っ払いの勢いで、バカなコトしたなって後悔して、燃やしちゃおうと思ったんだけど……ライター、火を点けられなくて……さ。変な実験に、名前使って……ごめんなさいっ」

自分でも、途中からなにを言っているのかワケがわからなくなってしまった。聞かされた高瀬にしてみれば、もっと支離滅裂なものだったに違いない。

唇を噛んでフローリングに敷かれたラグマットを睨みつけていると、視界の端をなにかがよぎった。

「え……ッ？」

「下ばっかり見てるなよ。どんな顔してるのか、わからないだろ」

高瀬の声が耳に流れ込み、指先が頬に触れる。逃げる間もなく、両手で顔を挟み込むようにして強引に仰向《あおむ》けにさせられた。

「ユキ、目……逸らすな」

「で、でも……っ」

ただでさえ、心臓が……どうにかなりそうなほどドキドキしている。そのうえ、高瀬の指を頬で感じながら、至近距離で目を合わせてしまったら……血圧が上がりすぎて、意識を失いそうだ。

「泣きそうな顔、するなって。カワイーから」

「かわ……っ、泣きそう、じゃないし」

かわいい。泣きそうな顔。

どちらに反論すればいいのか迷い、しどろもどろに言い返す。幸久の動揺は感じ取っているはずなのに、高瀬は頬を包む手を離してくれなかった。

高瀬の親指がほんの少し動き、目尻をそっと撫でてくる。

「ぁ！」

驚いた幸久は、ビクッと肩を揺らしながら高瀬の手を振り払ってしまい、自分の過剰反応にカーッと身体が熱くなった。

そんなふうに手を払い除《の》けられた高瀬は、わずかに目を見開いて幸久を見下ろしている。

「く、くすぐった……い、だろ」

高瀬に言い訳するのと同時に、自分にもそう言い聞かせる。

くすぐったいだけだ。ぞわっと……背筋を奇妙な感覚が這《は》い上がったなんて、あるわけがない。

高瀬のスキンシップは今に始まったことではないのだから、変に意識するほうがおかしいのだ。

「悪い。えーと……なんか、おまえ……」

「な、なに？　おれ、なんか変？」

幸久をジッと見ていた高瀬は、なにか言いかけて彼らしくなく言葉を濁した。

マジマジと見下ろしてくる高瀬に焦った幸久は、どこかおかしいだろうかと自分の身体を検分する。

パジャマ代わりのTシャツに、スウェット素材のハーフパンツ。どちらも、汚れたり破れたりしていない。

時々、いつの間にか派手な痣《あざ》を作ったりすり傷や切り傷から流血したりして、秋原をギョッとさせるけれど、今はどこもおかしくないはずだ。

でも、それならどうして高瀬はジッとこちらを見ている？

「魔道具、本物かもな」

「えっっ？」

思いがけない一言に、幸久は目を見開いて高瀬を見上げた。視線が絡み、コクンと喉を鳴らす。

再び高瀬の手が伸びてくるのがわかり、ビクリと肩に力が入った。

どうしてだろう。身体が……動かない。避けたほうがいいのではないかと頭の隅で囁《ささや》く声が聞こえるのに、逃げられない。

先ほどと同じように幸久の頬を両手で挟み込んだ高瀬は、幸久が初めて目にする表情でこちらを凝視していた。

ここにあるはずのない、不思議なモノを観察しているみたいな眼差《まなざ》しだ。

「おまえって、こんな顔……してたか？　なんつーか、マジですげーかわいいんだけど。おまえのことをベタベタ触ってた、酔っ払いのセクハラ変態オヤジの気分が、今ならわかるっていうか……さ」

「は……あ？　慶士郎さん、なに言ってんのっ？」

高瀬の口から出たとんでもないセリフに、唖然と目を見開いて言い返す。

マジでかわいい？

子供扱いしてからかおうという魂胆か、軽い調子で「カワイーな」と言われたことは何度かあったけれど、今の高瀬はなんだか……これまでと違う空気を纏っている。

冗談めかして笑っていながら、こちらを見る目が真面目な光を浮かべているような気がして、幸久は笑みを引っ込めた。

全身に纏う空気が、いつもと違う。高瀬が見知らぬ大人の男に見えて、戸惑いが増すばかりだ。

「自分でも、オカシイってか……ヤバいだろって思うんだけどなぁ」

高瀬は、両手で幸久の頬を包んだまま端整な顔に苦笑を滲ませる。その表情は言葉で形容し難いくらい優しくて、心臓が変に鼓動を速めた。

ドキドキ……する。耳の奥で、自分の心臓の音が響いて、うるさいくらいだ。

「か、からかうにもほどがある。あんまり悪趣味なコトするなら、おれだって、本気で怒るからな……っ」

きっと、またからかわれているだけだ。幸久が本気にしたら、「お子様だな」と笑うのかもしれない。

トクトクと胸を高鳴らせる自分に、そんなふうに予防線を引いて唇を引き結んだ。

下手くそな作り笑いを浮かべたであろう幸久を、高瀬はジッと見続けている。

「俺、真面目に語ってんだけどなぁ。信じてもらえないのは、日ごろの行いのせいか。本気で、おまえがかわいい……っつーか、エロエロに見えて……どうしようか？」

頬にあった手が少しだけ動き、長い指先がクシャクシャと髪を撫でてくる。ザワリと、背筋を怪しげな感覚が這い上がり、身体を震わせた。

「ど、どうもするなっ。からかってんじゃないなら、酔っ払ってんだろ」

唐突な言動は、からかっているのでないなら酔っ払いの為す業だろう。そう理由をつけようとする幸久に、高瀬は「いや」と首を横に振る。

「いくら時差ボケってるからって、あれくらいのビールで酔うかよ。ってかおまえ、困った顔をしていてもメチャクチャにかわいいなぁ。なんか、フェロモン……セックスアピールが駄々漏れだ」

「なに、それ……」

フェロモン。セックスアピールだと？

自分に向かって、高瀬の口から出たものだとは信じられないとんでもないセリフの数々に、咄嗟に言い返せなかった。

どうにか正気に戻ってくれと、祈るような気持ちで唇を開く。

「け、慶士郎さん、絶対に変……ッ！」

自分がおかしいことを自覚しろと訴えようとしたけれど、その言葉は途中で不自然に途切れてしまった。

「ん……んっ？」

なに？　目の前が……暗い。がっしりと高瀬の両手に頭を掴まれて、唇が……やわらかな感触に塞がれている？

「う～……っっ」

現状を把握しようと身動《みじろ》ぎをしたところで、頭を掴み直されて嚙みつくように唇を押しつけられた。

そこでようやく、高瀬の唇に……言葉を封じられているのだと、我が身に降りかかった事態を察する。

とんでもない展開に全身を硬直させていた幸久は、どんどん激しくなる心臓の鼓動に手を震わせる。

く、苦しい。息が……できない！

「うう……、う……んんッ！」

なんとか動かすことのできた手を上げて広い背中を叩くと、がっぷりと塞がれていた唇が解放された。

「っふ、ぁ……っっ、はぁ……っ、慶士郎、さ……ん」

高瀬が着ているシャツの脇部分を掴み、縋りつくような体勢で荒い息を繰り返す。

高瀬は、幸久がしがみついても危なっかしく足をよろめかせることもなく、子供をなだめるような手つきでポンポンと背中を叩いてくれた。

それは、これまでと変わらない仕草で……息を整えた幸久は、なんとか正気に戻ってくれたのかと期待しつつ恐る恐る顔を上げる。

「慶士郎さん?」

「なに不思議そうな顔をしてるんだ？　愛《う》いヤツめ」

クスリと笑った高瀬は、当然のように幸久の唇を軽く舐《な》める。

……ダメだ。正気に戻っていない。変なままだ。

「逃げようとしないってことは、おまえも満更じゃないよな？　魔道具なんて、眉唾もんだと思ってんだが。魔女が作った万年筆の呪い、すげーなぁ」

他人事《ひとごと》のようにそう言って、のほほんと笑う高瀬を前にした幸久は、脱力感に襲われて特大のため息をついた。

「慶士郎さんの手の早さにビックリして、逃げる間がなかっただけ。だいたい、のん気に笑ってる場合かよ。慶士郎さん、嫌じゃないのか？　本当に魔道具が作用したのかどうかわかんないけど、こんなふうにおれなんかと……変なコトに、なったりして」

「いいや。おまえは？　冗談で書いたんだろ。こんなふうに俺に触られたりするの、嫌じゃないのか？」

「ッあ！」

こんなふうに、と幸久の背中を大きな手で撫でる。明らかに、友人や弟分に対するスキンシップとは言えない触り方だ。

ざわりと腕の産毛が逆立つのを感じたけれど、この感覚をどう表現すればいいのかわからない。

ただ、不快感からくる悪寒とは違うことだけは確かだった。

「い、嫌じゃない、みたいだ」

ギュッと高瀬の腕を摑み、そうして触られても不快ではないと伝える。

高瀬は、冗談のつもりで使った魔道具のせいで、自分だけでなく幸久も惑わされているのだと思っている？

魔女が作ったという万年筆の魔力など信じていなくて、あり得ないものとして「恋人に」と書いたのに、うっかり万年筆が本物の魔道具で、意図することなく高瀬のことを特別に感じているのだと……。

それなら、高瀬に同調してしまえばいいのでは。魔道具のせいで、普通じゃなくなっている高瀬と自分も同じなのだと。

ほんの数十秒のあいだにそんなズルい計算が働き、幸久はコクンと喉を鳴らした。

「す、すごいね。魔女の魔道具。本物だったみたいだ。おれ……も、慶士郎さんにドキドキする……し」

不自然ではなかっただろうか。戸惑いつつも、本当にこれまでになく高瀬を特別に意識しているのだと、伝えられた？

恐る恐る顔を上げて、高瀬と視線を絡ませる。

真顔で幸久を見ている高瀬は、やはり精悍《せいかん》で端整な容貌だと再認識して、じわっと頬が熱くなるのがわかった。

「顔、赤いぞ。間近で目にする俺は、そんなに男前か？」

「だっ、だって……」

高瀬と顔を突き合わせているせいで頬が紅潮していると、指摘されたことが恥ずかしくて、手のひらで頬をゴシゴシと擦《こす》る。

違うと否定するわけにもいかないし、素直にうなずくのは照れくさい。

「こら、擦るな」

その手首を強く摑まれ、息を呑《の》んだ。

高瀬の手は大きくて、指も長くて……そうして幸久の手首を摑むと、指が回りきって余っている。

肩を抱かれたり腕を摑まれたりすることなど珍しくないのに、やけに高瀬の体温を意識してしまう。

この……唇が、ついさっき触れたのだと。

無意識に高瀬の口元を見てしまい、そんな自分の浅ましさが恥ずかしくて慌てて目を逸らした。

幸久の態度は、不自然極まりないものだったはずだ。

「おまえ、ホントにかわいいな」

ククッと低く笑いながらの声に、唇を嚙む。

エロエロに見えるとか、セックスアピールが……などと言ったくせに、やはり子供扱いしようとしているセリフだ。

「かわいくなんか」

ない、と。

拗《す》ねた幸久は不満をぶつけようとしたのに、最後まで言わせてくれなかった。高瀬の唇が、語尾を吸い取ってしまったせいで。

「っ……ン」

震えそうになる指を握り込み、唇と手首を摑む指から伝わってくる高瀬のぬくもりを甘ったるい気分で受け止める。

魔女が作ったという謂れの、古めかしく美しい万年筆。色恋に関することにのみ、力を発するという……魔道具。

まさか、本当に効くなんて思わなかった。

どれくらい効力が続くのか、わからない。

でも……高瀬の唇と、ギュッと握りしめられた手が思いがけず優しくて、今だけでもいいからと刹那《せつな》的な心地よさに漂う。

五分後には我に返り、突き離されるかもしれないという不安を感じながら、瞼を伏せて高瀬のぬくもりに浸った。

《五》

「ん……ん、朝……？」

カーテンを引くのを忘れて眠ってしまったのか、まぶしくて目が覚めた。

まぶしさに眉をひそめた幸久は再び瞼を伏せると、ゴソゴソと寝返りを打ち、目を閉じたままベッドの枕元に置いてある目覚まし時計に手を伸ばす。

いつも決まった場所に置いてあるはずの目覚まし時計が、何故か指先に触れない。

「時計、どこに転がってんだろ。学校……遅刻……」

まだ眠りから醒《さ》めきっていないせいで、身体の動きが鈍い上に頭がぼんやりしている。軽い頭痛は、きっとアルコールの余韻だと推測できるもので……でも、昨夜《ゆうべ》は飲み会などなかったはず。

うーん？　と記憶を掘り起こしながら手をさ迷わせていたけれど、行き場を探していた指先をグッと誰かに摑まれて、ギョッとした。

「なに……誰っ？」

驚いて目を開けた幸久は、視界に飛び込んできた端整な顔にパチパチと忙《せわ》しないまばたきを繰り返した。

「俺だ。他に誰がいるんだよ」

そうだ。ここに自分以外の人がいるとすれば、部屋の主に決まっている。

留守を預かるという名目で住まわせてもらっていることを考慮して、友人を入れることもほとんどない。一番仲がいい秋原は何度か遊びに来たことがあるけれど、泊めたことは一度もないのだ。

高瀬は、まだ寝ぼけ眼に違いない幸久を見て、男らしい顔に苦笑を浮かべている。

「ユキ?　脳みそ寝てんのか?　俺が誰か、言ってみろ」

「慶士郎さん。おはよーごじゃいまふ。う……噛んじゃった」

呂律《ろれつ》が回らなくて、妙な言い方になってしまったが、高瀬は苦笑を深くしただけで「おー、おはよう」と答えてくれる。

「今日はカレンダーの日付が赤い日だけど、学校に行く用があるのか?」

「祭日……かぁ。お休みだ」

ふー……と大きく息を吐いたと同時に、気が抜けた。

休日なら、急いで身支度をしなくてもいい。再びベッドに手足を投げ出して、あれ?　と違和感に気づく。

幸久が使っているベッドより、ずっと大きい。よく見れば、部屋の様子も違う。

普通に会話しておいていまさらかと笑われそうだが、高瀬と並んで転がっていることの不自然さにも疑問が湧く。

「ここ、慶士郎さんの部屋？　もしかして、一緒に寝てた？　おれ、どうして慶士郎さんのベッドに乱入しているんだっけ」

頭の芯《しん》が痛い。なにがあって高瀬のベッドで目が覚める事態になったのか、経緯を思い出せない。

昨日、外国で仕事をしていた高瀬が久々に帰国したのだ。リビングで、滅多に口にしない缶チューハイを飲みながら旅先での話を聞いていて……寝落ちしたせいでベッドに連れてきてくれた？

いや、違う。それなら、幸久の使っている部屋に運んでくれるはずだ。

なにより、リビングのテーブルを片づけて「おやすみ」と言い合い、それぞれの部屋に分かれた記憶がある。

自室に戻り、ベッドに寝転がってぼんやりと高瀬と出逢った頃を回想していたけれど……。

「あ……あああっ！」

突如、ポンと降って湧いたように思い出したっ！

高瀬から土産としてもらった万年筆……魔女の作った、それで書いた願いが叶う魔道具だという怪しげなモノを、出来心で使ったのだ。

この手で書いた、深いブルーブラックの文字など忘れようにも忘れられない。『慶士郎さんと恋人に』なんて、アルコールに責任転嫁するにも限界がある。あの時の自分は、血迷っていたとしか言いようがない。

「一人で百面相していないで、俺も交ぜてくれないか。置いてきぼりにされたら、淋《さみ》しいだろうが」

これまでと変わったところのない、飄々《ひょうひょう》とした口調でそう言いながら笑う高瀬を、恐る恐る窺い見る。

高瀬は、あのメモ用紙に書いてあったモノを覚えているのだろうか。

眉唾物だと決めつけていた魔道具は、どうやら本物だったらしいぞ……などと言いながら、幸久にキスをしたことは?

しかも、「かわいい」とか「セックスアピールが駄々漏れだ」とか、とんでもないセリフつきで……。

きちんと確かめるべきだと思うのに、どう聞けばいいのかわからない。

「えっと……あの、慶士郎さん。おれ、なんで慶士郎さんのベッドで寝てたのか、聞いてもいい?」

ひとまず、目前の現状についての疑問を解決することにして、おずおずと尋ねる。

高瀬が自ら専門店で寝比べて選んだという大きなベッドは、悠々とした広さが快適なだけでなく、マットレスも硬すぎずやわらかすぎず……極上の寝心地だ。

そんな、せっかくの高級ベッドも、この状況では居心地がよくない。

「おまえ、憶《おぼ》えてないのか？　ご機嫌で甘ったるいチューハイを飲んでいたが、どこから記憶が飛んでる？」

幸久がアルコールに強くないことを知っているせいか、高瀬は表情を曇らせて質問を返してきた。

わずかな表情の変化も見逃さないと言わんばかりに、ジッと幸久の顔を見ている。

「そんなに飲んでないから、スッポリ記憶喪失ってわけじゃないよ」

「ふーん？　じゃあ、アレも……ソレも憶えてるって？」

ニヤリ、と。

きっと意図して意味深な笑みを浮かべた高瀬は、意地悪く回りくどいしゃべり方をしながら、幸久の顔を覗き込んでくる。

……近い。

間近で見ても高瀬は精悍で端整な容貌をしているけれど、ポツポツ生えた髭までハッキリ見える距離まで寄られると、心臓が奇妙に鼓動を速くする。

これが秋原あたりなら、むさ苦しい顔を近づけるななどと笑いながら、素っ気なく押し返せるのに。

顔立ちも体軀《たいく》も。高瀬の容姿は、恋心を自覚する前から幸久にとって理想を具現化したようなものなのだ。

幸久はギクシャクと目を逸らしながら、しどろもどろに言い返した。

「あ、アレとかソレって？」

記憶が飛んでいるあいだに、なにがあった？

ふわふわ、心地いい感覚に包まれたことだけは覚えているけれど……。

落ち着きなく視線を泳がせて記憶を探っている幸久に、こちらを向いた高瀬はベッドに右肘をついて頭を支え、笑みを深くする。

「おまえ、奥手な草食っぽい感じに見えるのに……ベッドだとスゲーな。いやぁ、意外や意外。この俺が圧倒されるレベルでエロエロ魔人」

なん……だと？　ベッドだと、すごい？　エロエロ魔人？

目を瞠って高瀬の声を聞いていた幸久は、頭の中で言われた言葉を三度復唱してようやく意味を悟る。

「う、嘘《うそ》だろっっ。おれ、そんな……なにやったの？」

慌てて高瀬が着ているTシャツの胸元を摑み、ガクガクと大きく揺さぶった。

憶えがない、自分がしでかしたことを知るのは恐ろしい。でも、知らないままなのはもっと不安だ。

必死で高瀬に詰め寄る幸久は、泣きそうな顔になっているかもしれない。視線の合った高瀬は、目を細めて語り出す。

「それがなぁ。『恋人ならいいよね』とかかわいいコトを言いながら俺を強引にベッドに引きずり込んで、押し倒して……服を剝《は》ぎ取ったかと思えば、『オラオラ脚を開きやがれ』とか実に男らしいセリフと共に俺の膝を割り開いて、『かわいがってやるからイイ子にしてろよ』つって、そりゃもう強引かつエロエロなテクニックで……」

「うえ……っっ、ゴホッ！」

言葉が喉の奥に引っかかり、ケホケホと噎《む》せる。

そんな、とんでもないことを……高瀬に？

信じられない。考えられない。なにより、まったく憶えていない自分は、どうかしているのではないだろうか。

「お、おれはなんてこと……を。け、慶士郎さんを傷物に？　責任、取らなきゃ。って、どうやって……？」

高瀬の襟元を摑んでいた指から、スッと力が抜ける。最後のほうは声が震え、本気で泣きそうになってしまった。

俯《うつぶ》せたベッドに顔を埋《うず》めて、「どうしよう」と呆然《ぼうぜん》とした声でつぶやいた直後、グシャグシャと髪を撫で回された。

「……悪い。嘘だ。リビングで話していた途中で、眠いってつぶやいてコテッと床に転がったんだよ。ここに運んだのは、おまえが俺のシャツを摑んで離さなかったせいで……さっきのは全部創作だ」

「う……そ？」

グシャグシャ髪を乱され、ポンと軽く頭の上に手を置かれて、のろのろ顔を上げた。

そろりと窺った高瀬は、バッチリと目が合った幸久に、もう一度「嘘だよ」と苦笑いを滲ませる。

「キスの最中に寝落ちされたのなんか初めてだ。まったく意識されてないっつーか、警戒されてないのか……って、俺はちょっぴりショックだったぞ。そのせいで、意地悪を言った。真に受けて、そんなに悲痛な顔をするとは思わなくてなぁ……悪かったな」

悪かったと言いつつ、嚙み殺しきれない笑みが漏れている。

これだから、単純バカだと言われてしまうのだ。

でも、まんまと騙されてしまった……と恨みがましい気分になるよりも、作り話だったのだと安堵《あんど》する気持ちのほうが勝った。

「よ、よかった。傷物にしたのなら、どうやって責任を取ろうかとグルグルしちゃった。慶士郎さんの前だと気が抜けるのは、気を許してるっていうか……心底、信用してるんだと思うけど。意識不明のおれ、重かっただろ。……ごめんなさい」

高瀬に比べれば貧相な体格で、間違っても男らしいとは形容できないと思うが、それなりに重量があったはずだ。

そう真面目に謝罪した幸久に、高瀬はまたしても軽口を返してくる。

「いや、『慶士郎さんがスキ』とかムニャムニャ言いながら寝てたおまえがかわいかったから、どうってことはないが」

「……また、おれのことからかってるんだろ」

いくらなんでも、そう立て続けに騙されないからな……と。疑いを含む、ジトッとした目で高瀬を見つめ返す。

高瀬は……なにを考えているのか幸久に読ませてくれない、見事なポーカーフェイスで首を横に振った。

「いんや、コレはマジで。傷物にした責任って、嫁にでもしてくれるつもりだったのか？嘘だとか言わずに、黙ってりゃよかったかな」

「本当に、嘘……じゃない？」

「疑い深いやつだ。マジだって。かわいい恋人にそんなふうに言われて、寝込みを襲わないよう自制心をフル稼働させたぞ。紳士的な俺を褒めろ」

「カワイ……っ、恋……人？」

高瀬はあまりにも自然に、当然のようにその言葉を口にしたから、聞き流してしまいそうになった。

半信半疑でつぶやいた幸久に、高瀬は「ん？」と首を傾げる。

「恋人だろ？　それも、憶えてないとか言うなよ」

「憶えっ……てる、よ」

あの万年筆、『魔道具』でそんなふうに祈願したのは、幸久だ。

目が覚めてからずっと、高瀬があまりにもこれまで通りの言動だったから、夢だったか昨夜は幸久のいたずら書きに悪乗りしただけかと思いかけていた。

けれど、やはりあの魔道具は本物で、夢ではなかった……？

ベッドを睨みつけながらグルグル考えていると、上半身を起こした高瀬が幸久の背中をポンと軽く叩いた。

「ユキ？　一晩寝て、冷静になったら……魔道具の効力がリセットされたか？　俺のことなんて、やっぱり好きじゃない？」

「そうじゃなくて……っ」

慌てて首を捻り、高瀬を見上げる。もぞもぞとベッドに座り直し、居住まいを正して高瀬と向き合った。

「慶士郎さん、は？　朝になっても、やっぱり、その……おれのこと」

かわいく見えるのか、とか……セックスアピールを感じるか、とか。自分の口から言うのが恥ずかしくて、語尾を濁す。

　幸久が飲み込んだ言葉の続きを的確に察したらしく、高瀬は唇に微笑を浮かべて幸久の手を握った。

「ほら……わかるか？」

　導かれたのは、高瀬の胸元。薄いTシャツの生地越しに、トクトク……テンポの速い心臓の脈動が伝わってくる。

「ドキドキ、してる……ね」

　自分が、高瀬の鼓動を乱しているのだと思い知った途端、幸久は自身の動悸も跳ね上がるのを感じた。

「おまえは？　……これが平常じゃないよな？」

「う、うん。だって……慶士郎さんが、触るから」

　同じように胸元に大きな手のひらを押し当てられ、さらに鼓動が激しさを増す。息苦しいくらいだ。

　とてつもなくドキドキしていることを当人に知られているのだと思えば、高瀬と目を合わせられなくて、視線を落として自分の膝を睨みつけた。

「耳、真っ赤だぞ。かわいいから、そんな反応をするなよ。朝っぱらから俺の理性を試してんのか？」

「そんなつもりはないけど」

「ま、そうだな。おまえに計算や駆け引きができるとは思わねーし。……とりあえず、朝飯を食うか。ユキの味噌汁が飲みたい。あと、出汁《だし》巻き卵。ご飯は昨夜の残りでいいから、醤《しょう》油《ゆ》の焼きお握りにしてくれ」

「わかった。すぐに用意するねっ」

幸久は、この場から逃げ出す理由をもらえたとばかりに、そそくさとベッドから足を下ろそうとする。

高瀬に背を向けたところで、突如言葉もなく腕を摑まれた。

「え……、ッあ」

高瀬は振り向いた幸久の頭を摑んだかと思えば、とてつもない早業で唇を重ねてくる。逃げるどころか身構える余裕もなくて、幸久は硬直したまま、触れるだけのやんわりとした口づけを受け止めた。

「ふ……キョトンとした顔」

色気など皆無な反応だったはずなのに、唇を離した高瀬は優しい笑みを浮かべて幸久の髪を撫でる。

途端に、たった今なにをされたのか現実感がドッと押し寄せてきて、燃えるように顔が熱くなるのを感じた。

幸久は、真っ赤な頬をしているはずなのに、高瀬はからかって笑うことなく微笑を浮かべている。

「おまえ、真っ赤だぞ。カワイーなぁ。」

「真っ赤なのは、慶士郎さんのせいだろ」

甘ったるい顔と声でかわいいなどと言われたら、女の子ではない幸久が赤面してドギマギしても仕方がない。

そう唇を尖らせて首を振り、髪に触れている高瀬の手から逃れる。

ダメだ。これ以上触られていたら、顔面から火が出て燃え尽きてしまいそうだ。

「そっか？　そいつは悪かったな」

照れ隠しを図った幸久の態度はかわいいとは言えないものだったはずだが、高瀬はクスリと笑うだけで流した。

大人の余裕というやつか？

「……午後から届け物をするのに出るが、用事がないならおまえも一緒に行くか？」

思いがけない言葉に、少しだけ拗ねていたことも忘れて背けていた顔を戻した。コロリと機嫌を直したせいか、高瀬は無言で笑みを深くする。

「でも、いいの……？　慶士郎さんの仕事の邪魔にならないなら、一緒に出かけたいけど」

高瀬と一緒に外出というのは、ちっぽけな意地などどうでもよくなるほど魅力的な誘いだったのだ。

高瀬は、帰国の度に忙しそうに関係者のところを回っている。またすぐに海外へ出ることが多いので、友人を訪ねることもあるだろうし、依頼を受けていた仕事の報告や新たな依頼のための話し合いやら……多忙なのは想像がつく。

幸久は、夕食の有無を聞いてリクエストに応えて……と外から見ているだけで、高瀬がどこでなにをしているのか知る機会はなかったのだが、そうして溝があるのは当然だと思っていた。

ただの居候だ。仕事に関することに立ち入ることはできない。

なのに、一緒に……などと誘われたのは、初めてだった。

「三ヶ所回る予定だ。最初の二ヶ所モノを渡すだけで……最後だけちょっと時間を食うかもしれないが、昔っからの悪友だ。頼まれていたモノを引き渡して間違いないか確認させて、報酬の確約を取りつけられればいい。あいつと飲み交わすより、かわいいユキとデートしたほうが楽しいからな」

「デー……って」

どう言い返せばいいのかわからなくて、唇を引き結ぶ。

高瀬の口から出た『デート』という言葉を、恥ずかしさのあまり中途半端に復唱すると、首から上がじわじわ熱くなってくるのがわかった。

「真っ赤な顔。カワイーな」

「ッ……おれをここで捕まえていたら、朝ご飯がどんどん遅くなるよ」

ツンと指先で頰を突かれて、そんな言い訳を口にする。

肘のところを摑んでいる高瀬の手の力は、さほど強くはない。でも、放せと振り払うことはできなかった。

「そいつは困った。腹が減ってたまらん」

笑ってそう言いながらパッと放された高瀬の腕から逃れた幸久は、よろよろとおぼつかない足取りでドアに向かった。

そんな幸久を、ベッドの上から見ている高瀬は笑っていたかもしれないけれど……振り向いて確かめる余裕はなかった。

なんなんだ、あの人。あんなに恥ずかしい人だったなんて……知らなかったぞ。

どちらかと言えばスキンシップは多い部類だったように思うが、甘ったるい顔と声であんなに『かわいい』を連発するなんて予想外だ。

元が、同性から見ても文句なしのいい男なだけに、タラシモードの顔を近づけられると心臓によろしくない。

ふらふらと廊下の壁にぶつかりながら、小走りでキッチンに駆け込んだ幸久は、シンクの端を摑んで特大のため息をついた。

銀色のシンクの底に、自分の顔が映る。鏡ほど鮮明ではなく、顔色まではわからないが、絶対に真っ赤になっている。

「あんなセリフも、全部……恋人、だから?」

豹変《ひょうへん》とも言える高瀬の態度の理由は、それ以外にないだろう。

今までとのあまりの違いについていけない幸久が、戸惑っているだけで……。

「魔道具の効力って、どれくらい続くんだろ。ズルいことしてるって、わかってるけど……効果が切れるまでだから」

いつ、どんなきっかけで『魔道具』の効力が消えるかわからない。そうなれば、高瀬にとって幸久はただの弟分に戻るに違いない。

今だけ、戸惑うほど甘い恋人の時間に浸らせてもらってもいいだろうか。

すごく気になるのは、元に戻った時……魔道具の効力が発揮されていたあいだのことが、どれくらいリセットされるのだろうということだ。

まさか、そのあいだの記憶がキレイさっぱり消え失せるとは思えない。

でも、人間の心を操るくらいの魔力があるのなら、効力が消えると同時に『なかったこと』にもできるかもしれない。

「最初に、もっと……しっかり突っ込んで聞いておけばよかった」

高瀬が語った『魔道具』の説明を、話半分どころではなく、八割以上本気にしていなかった自分を悔やむ。

ただ、現代日本で『魔女』が作った『魔道具』などと言われても、信じられないのは幸久だけではないはずだ。

今となっては、改めて高瀬に問い質《ただ》すことはできなかった。事態を面白がって「魔道具スゲー」と笑った高瀬に、わざと軽く同調したのだ。

自分だけが本気で……効力が消えることを怖がっているなんて、悟られたくない。

幸久もあの『魔道具』に惑わされているのだから、そんなものを気にする必要などないはずで……。

「インクがなくなるまで……とか？　なんにしても、大事にしなきゃ」

どれくらい『魔道具』の効果が持続するか、計る術はない。

ただ、あの万年筆が重要なアイテムであることだけは確かなのだ。雑に扱うことなく、大切にしなければ。

味噌汁と出汁巻き卵用の出汁を取るためにイリコを水に浸した小鍋《こなべ》を置き、ガスコンロの火を点けておいてキッチンを出た。

「机の上、置きっぱなしだ」

昨夜、無造作に机に転がしておいた万年筆を思い浮かべて、せめてハンカチの上に置こう……と足早に自室へと入った。

□□□

遅めの朝食を終えて片づけを済ませると、詳しい行先を知らされることなく高瀬についてマンションを出た。

古書店街の最寄《もよ》り駅で電車を降りた高瀬は、路地に入ったところにある小さな古書店で初老の男性に紙袋を渡し、親しげに会話を交わしていた。

紙袋から取り出した外国語がタイトルの分厚い本を手に、男性が「本当に手に入るとは思わなかった。さすが高瀬くんだ」と心底嬉《うれ》しそうな顔をしていたところからして、高瀬はきちんと依頼を果たせたのだろう。

再び電車に乗って移動し、次に訪れたのは、出版社の名が掲げられたコンクリート造りのビルだった。

幸久はロビーのソファで待っていたけれど、フィルムを渡すだけだと言い置いてエレベーターに乗った高瀬は十五分ほどで戻ってきた。

軽食を兼ねたカフェでの休憩を挟み、「ここで最後だ」と立ち寄ったのは、雑貨店と古物店を兼ねているらしい不思議な雰囲気の小さな店だった。高瀬の言っていた、昔からの悪友の店だろう。

扉は上半分がガラス張りなので、店内を窺い見ることができる。が、失礼ながら幸久一人だったらドアノブに手を伸ばそうとも考えない、独特の空気が漂っていた。

なにより奇妙なのは、訪問者を威嚇するように戸口から見える位置に置かれている憤怒の形相をした鬼の面だ。

普通は、招き猫とか福を呼びそうなものではないだろうか。これでは、客を追い払おうとしているようにしか見えない。

高瀬に対する秋原の言葉ではないが、どうにも胡散臭い。

「慶士郎さん、ここに入るの？」

恐る恐る訪ねた幸久に、

「ああ」

高瀬はあっさりとうなずいて、躊躇うことなく一気に扉を開け放った。カラン、とレトロなカウベルの音が響く。

幸久は、高瀬の背中に隠れるようにして顔を覗かせ、息を詰めて中の様子を窺った。これは、怖いもの見たさという厄介な好奇心かもしれない。

電気が灯っているのになんとなく薄暗い感じがするのは、背の高い棚に所狭しと物が並べられているせいだろう。

それも、ガラクタ……いや、雑貨だけでなく壁際の棚には天井まで隙間なく本が詰まっていて、なんとも形容し難い圧迫感に襲われる。

店のドアが開いたのはカウベルの音でわかっているはずなのに、数十秒が経っても誰も姿を現さない。

「おーい、いるんだろ木塚《きづか》。宅配だぞ！　ったく……不用心な店だな」

高瀬はブツブツと文句を口にしながら、無遠慮に店内へと足を進めた。戸口に置き去りにされそうになった幸久は、慌ててその背中を追う。

「お、お邪魔します」

ふと鼻先をくすぐったのは、図書館の空気に似た古い紙の匂い。

よく見れば、雑多に詰め込まれているように見える本は似た装丁の背表紙が並べられていて、きちんと分類されているのだとわかる。

陳列されている雑貨なども、ほこりをかぶっているものは一つもなかった。ガラス製のものや陶器のものには一つずつ丁寧に緩衝剤が敷かれているし、もしかして薄暗いのは日光や蛍光灯の光で変色するのを防ぐためかもしれない。

ひととおり視線を巡らせた幸久は、胡散臭いなどと考えて悪かったなぁ……と、ひっそり反省する。

細長い造りの建物なのか、間口の広さから予想していたよりも奥行きがあるらしい。薄暗い店内を迷いのない足取りで進んだ高瀬は、奥まったところにある紺色の暖簾《のれん》をかき分けて声をかけた。

「おい、聞こえてんだろ。ドロボーも大歓迎って感じだな」

「両隣に空き巣が入った時も、不思議なことにうちだけは無事だった。……相変わらず、図々しいな」

「遠慮していたら、いつまでも待ちぼうけだ」

高瀬に答えたのは、あまり抑揚のない淡々とした落ち着いた響きの声だ。古いつき合いらしく、ずいぶんと親しげなやり取りだった。

「今、いいところなんだ。ちょっと待て」

なにかと思えば、かすかに漏れ聞こえるテレビの音声は……大相撲《おおずもう》の中継だ。声は若いのに、渋い。

「相変わらずマイペースなヤツめ。ユキ、乱入するぞ」

「えっ、……おれもっ？」

「般若《はんにゃ》が威嚇するここにどうしても一人でいたいなら、別に構わねーけど」

高瀬の視線を追いかけてぎこちなく顔を向けた先の壁には、紛れもなく般若の面が鎮座していて……店内を睨みつけていた。

「ひゃっっ。い、一緒に行きます」

背筋を冷たいモノが伝い、慌てて高瀬の着ているシャツの裾を摑む。子供のようだと思われたのか、高瀬にクスリと笑われた気配がしたけれど、意地を張って「ここにいる」とは言えなかった。

幸久を睨んでいるわけではないと、わかっている。でも、視線が追いかけてくるみたいでゾクゾクと鳥肌が立つ。

防犯カメラより、ずっと盗難防止に効果がありそうだ。

入口の鬼の面といい、両隣に空き巣が入ってもここだけ窃盗被害に遭わなかったというのも、なんとなくわかる。

「コイツを届けに来ただけだ。さっさと受け取りやがれ」

暖簾の奥にズカズカと歩を進めた高瀬は、打ちっぱなしのコンクリートの床から一段高くなっている畳敷きの小部屋にいる人物に向かって、紙袋を差し出した。

「……結びの一番だ。あと五分待て」

不機嫌な声でそう言いながら振り向いたのは、渋い和装姿で長い黒髪を一つにくくり……店と同じ、独特の空気を纏った青年だった。

細身で、キレイな顔をしていて……一瞬、男女の別に悩みそうになる容姿だ。あまり陽を浴びないのか色も白く、それがさらに中性的な雰囲気を底上げしている。

言動からして高瀬と同年代だと思うのだが、年齢も不詳だ。

幸久の姿が目に入っていないわけがないのに、見知らぬ人間の存在をまるで気にすることなくテレビに向き直る。

「相撲とどっちが面白いかわからんが、呪いの十字架、手に入ったぞ。確かめなくてもいいのか?」

高瀬が静かな口調でそう言った途端、木塚と呼ばれていた青年は、言葉もなくこちらを振り返った。

彼が背にしたテレビでは、結びの一番らしき横綱同士の取り組みが始まっていたけれど、目も向けずに立ち上がる。

「手に入ったのか。紛い物を掴まされたんじゃないだろうな」

「だから、それをおまえが見て判断しろって言ってんだろ。呪いの十字架ってやつが偽物か本物かなんて、俺にはわからん」

の……呪いの十字架?

傍《そば》で聞いている幸久にとっては、恐ろしい会話だ。冗談ではないかとさえ思うけれど、高瀬と木塚はどちらも真顔だった。

酔いの助けを借りたとはいえ、魔女の作った魔道具を試してその効能の恩恵にあずかっている身としては、バカげた会話だと笑うこともできない。

「村の婆さんたちは、箱を開けたら封印してある呪いが噴き出るってんで、中を見せてくれなかったんだ。そのままの状態で持ち帰ったから、空っぽを摑まされた可能性もあるし、中身が本当に十字架かどうかも保証しかねる。ただ、おまえから押しつけられた資料に、最有力候補だって記されていた村で見つかったものだし、木箱の外観の特徴もぴったり一致してるだろ」

「……ああ。飾り彫りの入り方も……うん。本物なら、よく手放してくれたな」

高瀬から受け取った紙袋に手を突っ込んだ木塚が取り出したのは、手のひらに乗るサイズの古めかしい木製の箱だ。

幸久のいる位置からはハッキリとは見えないけれど、箱には一面に飾り彫りらしき装飾が施されている。

遠目から窺う限り、すごくキレイな箱だ。上等な、宝石箱のようにも見える。

が……そこに収まっているものが、おどろおどろしい『呪いの十字架』かもしれないと考えるだけでできる限り近づきたくない。

「婆さんたちには、逆に感謝されたぞ。金を払うって言ってんのに、そいつを村から離してくれるだけでいい……とか。ただでもらってきたから、中身が空気でもたいした痛手はないけどなぁ。本当かどうかわからんが、村人が持ち出しても偶然が重なって人伝いに戻ってくるんだと。無関係の外国人が国外に持ち出すなら、戻ってくることもないだろうと言いながら……本気で怯《おび》えてたな」

傍で聞いているだけの幸久でも、不気味だと眉をひそめるのに、木塚は平然とした顔で箱を手に乗せている。

「継ぎ目が……カラクリ箱だな。パズルは得意だ」

などと言いながらしばらく箱のあちこちをいじり回していたけれど、躊躇いのカケラもなく蓋《ふた》を開けてしまった。

……思わず後ろに足を引いてしまったのは、つい最近『魔女』の作ったという魔道具の効果を我が身で感じたせいだ。

呪い云々を、迷信だと笑い飛ばせない。

箱の中を覗いた木塚は、ほんの数秒だけ満足そうな笑みを浮かべた。ずっと無表情だったのが、そうして微笑すると……美形の迫力が増して恐ろしい。

「見事な細工のロザリオだ。イミテーションじゃなく、本物の宝石を使ってる感じだから、これだけでも値打ちものだな。噂《うわさ》では聞いていたが、コイツがまたドイツに戻ったら……本物だ。よし、引き取ろう。経費と報酬込みで、三百でいいか?」

「ああ。いつもの口座に振り込んでおいてくれ。……俺の仕事はここまでだからソイツの行き先は聞かないが、もし本物の曰くつきで、ドイツへの里帰りのためにコレクションケースから消えたらどうする?」

「一旦《いったん》自分の手に入れられたら、それだけで満足なんじゃないか？　逆に、そのことまでネタになるかもな。好事家仲間に見せびらかして、コイツを肴に酒を飲んで……なにが面白いのか、俺もよくわからんね。金を持て余した収集家の業ってやつかなぁ」

どうやら、別に依頼主がいるらしい。木塚自身が欲しくて依頼したものではなく、それを手に入れるための中継ぎをしただけのようだ。

サラリと交わされた会話の中に、三百……と聞こえたのは、まさか単位が『円』の、成功報酬額だろうか。

軽口のようなやり取りに交ぜるには、とんでもない金額だろうと絶句する。

幸久は時給がようやく千円に届くアルバイトに励み、光熱費の実費のみ家賃はただという高瀬のマンションに住まわせてもらうことで、なんとか学生生活を送っている。

さんびゃくまん……。自分が稼ぐには、何十……いや、何百時間アルバイトをしなければならないのだろう。

一括で手にするには、まず縁のない金額を思い浮かべながら遠い目をしていると、不意に高瀬が振り向いた。

「悪い、ユキ。待たせたな。用は終わりだから、行くか」

「あ……うん。もういいの？」

チラッと視線を木塚に送った瞬間、ちょうどあちらも幸久に目を向けたところで……バッチリと目が合ってしまった。

無視するわけにもいかず、そっと頭を下げるだけのあいさつをする。

「ん？　ああ……木塚、これは俺のハニーだ。ユキちゃん。かわいいだろ」

幸久と木塚が視線を交わしたことに気づいたのか、高瀬が左手を肩に回してきてグイッと抱き寄せられた。

それだけでなく、シレッととんでもないセリフを口にする。

「っ、な……慶士郎さんっっ？」

これまで、幸久の存在などないように振る舞っていたのに……突然、なにを言い出す！

焦って高瀬を見上げると、木塚が不思議そうに首を傾げた。

「……俺には、それの性別がオスに見えるが」

「確かに。男の子だからなぁ」

「へぇ……」

あっさりと認めた高瀬も高瀬だが、それで納得する木塚もずいぶんと変人……いや、常識の枠にはまらないタイプのようだ。

外見や雰囲気からは共通点が皆無と言ってもいい二人の、気が合う理由らしきものがなんとなく見えた。

……どちらも、世間一般から見れば『変わった人』にカテゴライズされるタイプだ。

「男だろうと女だろうと好きにすればいいが、子供じゃないのか？　手が後ろに回ることはするなよ。おまえが塀の中に入ったら、いろいろ不便だ」

「心配無用。二十歳《はたち》は過ぎてる。それより、不便って言い方はなんだ」

「言葉の意味そのままだ。依頼品を、おまえほど正確に……素早く手に入れることのできるハンターは他にいない」

木塚は、感情を窺わせない淡々とした口調で語り、表情もないけれど、高瀬に対する信用が言葉の端々に滲み出ていた。

鈍感だと散々言われる幸久が察せられたくらいだから、高瀬自身も感じ取れなかったわけがない。

「……素直に褒めろよ。捻くれ者め」

苦笑を浮かべて嘆息すると、抱き寄せていた幸久の肩から手を離す。

肩に置かれていた手の感触や重みが無くなったことで、ホッとするよりも自然と「淋しいな」と感じてしまい、慌てて思考を振り払った。

頬が熱い。高瀬は平然としているのに、一人で照れているなんて恥ずかしい。

少しでも熱を下げようと、自分の両手で頬を叩いた幸久を、木塚はチラッと横目で見遣る。

「ふん……おまえの一方的な思い込みってわけでもなさそうか。せいぜい、若いハニーに逃げられないようにガンバレよ」

「言われるまでもないね。すでに同棲《どうせい》してるし」

胸を張って堂々と宣言した高瀬に、またしてもギョッとした。反射的に声を上げて、高瀬のセリフを訂正する。

「違うっ。同棲じゃないだろ。おれは、慶士郎さんが放浪しているあいだの、ただの留守番だし」

同棲どころか、同居という表現も当てはまらない気がする。一緒にいられる時間は短く、高瀬はほとんど不在なのだ。

「……カワイ子ちゃんに否定されたぞ」

幸久を指差しして無表情のままつぶやいた木塚の言葉に、高瀬は負けじと笑って幸久の肩を抱き寄せる。

「ユキちゃんてば、照れちゃって……ますますカワイーなぁ」

「照れてるわけじゃないけど」

「そうか？　頬が赤いけど？」

なにを言っても無駄のようだ。だいたい、頭の回転が速くて言葉が巧みな高瀬に、口で勝てるとは思えない。

高瀬の手から逃れることをあきらめて脱力した幸久は、好きにしてください……とばかりに身体の力を抜いた。

これも、全部『魔道具』の効力……?

「デレるな。不気味だ。おまえが自宅に入れるほど気を許す相手ができたのは、確かにめでたい。つき合っている人間をおれに逢わせるのも、初めてだな。ふーん……その子には本気ってことか。おれからの依頼はしばらくないから、蜜月を愉《たの》しめ」

「そいつはありがたいね。まあ、またヨロシク」

木塚に手を振った高瀬は、「出るぞ」と当然のように幸久の手を握って踵《きびす》を返す。

身体を捻った幸久が軽く会釈をすると、木塚はかすかな微笑を唇に浮かべてひらりと右手を振った。

古い本の匂いが満ちる店内を抜け、般若や鬼に見送られて店の外に出る。

「うわ、目……イタ」

途端に明るい陽の光が頭上から降り注ぎ、まぶしさに忙しなくまばたきをした。

店も、彼がいた小部屋も……古い映画のセットのような、レトロな空気を漂わせていたせいか、こうしてなんの変哲もない道を歩いていても現実感が乏しい。

まるで、祖父が語っていたキツネにつままれたような……と思いながら振り向いた幸久に、手を握ったまま数歩前を歩いている高瀬がつぶやいた。

「木塚の学生時代のあだ名、教えてやろうか。柳幽霊だ。夏の逢魔《おうま》が刻《とき》に、柳の木の下にあいつが立っていたら……しかも、小雨とかが降っていたら?」

中性的な彼の容姿も相まって、この世のものとは思えない……怖いくらいキレイな光景だろう。

「幽霊……だね」

木塚には失礼だが、ピッタリのあだ名だ。

幸久のつぶやきは、明確に高瀬の耳に届いたらしい。

「な？　変人だが、面白いぞ。学生時代から連絡が途切れない……数少ないっつーか、唯一って言ってもいい悪友だ」

チラリと振り返り、そう口元をゆるませる。

すぐに前に向き直ってしまったが、高瀬の表情はいつになくやわらかくて……あの木塚という人が、本当に親しい友人なのだと推測できる。

十年後、自分にもこんなふうに言える友人がいるだろうか。と、考えた瞬間ポンと浮かんだのは、秋原の顔だった。

そう……なれたらいい。

「慶士郎さん、木塚さんに逢わせたの、初めて……って」

つき合っている人間を逢わせたのは初めてだ、という彼の言葉を思い出す。それが本当なら、……どうしよう。すごく嬉しい。

高瀬は振り向かなかったので、大きな声だったとは言い難い幸久の言葉は耳に届かなかったのかもしれない。

でも、幸久の手を握っているままの高瀬の指に、少しだけ力が増したと感じたのは……気のせいだろうか。

すれ違う人たちが、堂々と手を握ったまま歩く高瀬と幸久をチラチラ見ていたけれど、高瀬はまるで気にする様子もなく駅へと向かった。

だから幸久も、ただひたすら高瀬の指から伝わってくる体温だけを感じながら、早足で大きな背中についていく。

見知らぬ他人にどう思われても、高瀬と一緒に歩く今が楽しいから……どうでもいいや、と唇に微笑を浮かべて。

《六》

「……でね、慶士郎さんが……って、聞いてる？　秋原？」

少し前から、友人の反応が鈍いと感じていた幸久は、唇を尖らせて秋原の顔の前で手を振る。

「聞いてる。聞こえてる」

嘆息した秋原は、まるで虫を払うように幸久の手を払った。視線は、手元のスマートフォンだ。

その態度といい、返事といい……どうにも、おざなりな雰囲気だった。

「秋原。適当に流してやれ……って顔に書いてるんだけど」

「あー……ハイハイ悪かった。『慶士郎さん』の話題を、おまえにふった俺が馬鹿だった。まさか、惚気大会が始まろうとは……想定外だったなぁ」

さすがに苦情を寄せた幸久に、今度はきちんと目を合わせて答える。

そんなに呆れられるほど力説しただろうかと、幸久は少しだけ反省して「ご、ごめん」とつぶやいた。

一息入れようと、食堂に備えられている無料の薄いお茶を口に含んだところで、秋原が言葉を続ける。

「しっかし、おまえが高瀬氏への恋心を自覚したのが一昨日《おととい》……だったよな。で、祭日を挟んで二日ぶりに逢ったら、恋人になった！　って報告かぁ。なんだよ、その急展開。どんな魔法だ？」

秋原は、冗談のつもりで『魔法』という単語を口にしたに違いない。けれど幸久は、高瀬が帰国してから幾度となく非日常なアイテムと接しているせいか、真に受けて秋原に答えてしまった。

「それはおれも、ちょっとビックリしてるんだけど……まさか、魔道具が本当に効くなんてなぁ」

「ああ？　魔道具ってなんだ？」

「あ……」

しまった！　秋原には、あの『魔道具』のことを言うつもりではなかったのに、ポロリとこぼしてしまった。

どうしよう。どう誤魔化せば、不自然ではない？

「幸久。なにが魔道具だ？」

「……ナニソレ。おれ、そんなコト言ってナイよ？」

ぎこちなく言い返した幸久は、秋原から目を逸らしながら「まどーぐって、変な呪文みたい」と笑う。

その直後、ガシッと頭を摑まれて背けていた顔を強引に戻された。

「愉快なヤツだな。誤魔化すのが下手すぎて、ツッコミどころに悩むじゃねーか。俺の目を見て、質問に答えろ。魔道具ってのは、ナニモノだ?」

「う……う……わかった。説明する」

子供の頃から、嘘はダメだと厳しく躾《しつ》けられてきた。幸久を諭す祖父母の顔が浮かび、目を合わせたまま嘘をつくことができなかった。

コクリとうなずくと、秋原は幸久の頭から手を放して満足そうに笑う。

「そうそう。素直でバカ正直なのがおまえのいいところだ。どうせ誤魔化しきれないんだから、最初っから下手な悪足掻《わるあが》きをするなよ」

「……でも、ホントのことを言っても秋原は怒るかも。それに、全部説明しようとしたら長いし」

魔女が作ったという曰くのある魔道具を、酒の勢いで試してみたら……本物だったらしいなんて、信じてくれないような気がする。

ふざけるな、と頭を小突かれそうだ。

「聞いてみないことには、なんとも……だな。眠くなる統計学よりこっちのほうが面白そうだから、次の講義は自主休講することに決めた。これで時間の問題はクリアだ。さぁ遠慮なく、なにもかも語れ」

そんなふうに待ち構えられると、やっぱり今度にしよう……などと言えなくなってしまった。

腹をくくった幸久は、「とりあえず食器を返してくる」と空になった食器が載ったトレイを手にしてイスを立ち、返却口に向かう。

トレイをカウンターに置いて振り向くと、意外と細かなところに気が利く秋原が新しいカップにお茶を淹《い》れていた。

目が合うと、幸久に視線で合図を送ってくる。

これは、隅のほうのテーブルに移動しよう……という意味か。

うなずいた幸久は、食堂の奥まったところにあるテーブルへと歩を進めた。

もうすぐ昼休みが終わるので、食堂の利用者は少なくなる。秘密の話をするには、もってこいの場所だ。

「……嘘みたいって、思うだろ」

これまでの経緯を語った幸久は、テーブルを挟んで正面に座っている秋原の顔をチラリと窺い見る。

秋原は、幸久が話し終えるまで一言も口を挟んでこなかった。

腕を組み、難しい表情でなにやら考え込んでいるみたいだ。きっと、本気にしてくれていない。

「嘘みたいっつーか……非現実的すぎて、どこから突っ込めばいいのかわからん。でも、おまえが真顔でそんな壮大な嘘をつけるとも思えん」

苦悩を滲ませた表情のまま硬い口調でそう言い、特大のため息をついた。

悩ませて悪いなぁ……と思いつつ、「でもねっ」と続ける。

「ホントに、あれから慶士郎さんの態度が違うんだ。おれにかわいいを連発するし、今朝《けさ》も、学校に行こうとしたら玄関先まで見送ってくれて、行ってらっしゃいのキス……とか、当たり前みたいにするし」

「うわぁ……ベタな新婚さんかよ。うぅ……想像しちまった」

食堂の天井に視線を泳がせた秋原は、複雑そうな表情で最後の一言をぼやいて、片手で自分の顔を覆う。

勝手に想像しておいて、嫌そうな顔をするとは失礼なヤツだ。

すべてを話した幸久が、これ以上言えることはなにもない。秋原がどう反応するか……次の言葉を、息を呑んで待った。

秋原は顔を覆っていた右手でグシャグシャと自分の髪をかき乱し、何度目かのため息をついてテーブルに拳を置く。

「俺が心配するのは、おまえが高瀬氏にからかわれてんじゃないか……ってことだよ。どう考えても、胡散くせーって。おまえが単純バカで、世間知らずなガキで……だから、面白がってるだけじゃないのか？」

幸久を評する言葉は容赦のないものだったけれど、こちらを見る目は真剣だ。本気で、自分を心配してくれているのだとわかる。

いい友達だな……と、胸の奥がじわりと熱くなった。

「おれも、最初はからかってんだろ……って思ってたよ。でも、古くからの友達って人に恋人だって紹介したり、手を繋《つな》いで街の中を歩いたり……おれに、か……かわいい、って連発したり、リビングにいてもくっつこうとするし」

「わかった。もういい。バカップルの惚気を、聞かされてるだけの気がしてきた」

頬を引き攣《つ》らせた秋原は、幸久に向かって手のひらを向け、『やめ』の仕草を見せながら苦い顔でぼやく。

幸久自身も戸惑うばかりの高瀬の態度を、バカップルの惚気と言われてしまい、唇を尖らせて反論した。

「悋気じゃなくて……秋原が、からかわれてるだけだって言うから、なんか違う……って説明しようとしただけだ。慶士郎さん、どちらかと言えばワイルドで硬派っぽいし……あんな恥ずかしいセリフを臆面もなく吐く人だなんて思わなかった。やっぱり、魔道具の効力としか思えないだろっ？」

「あー……うん。そうかもな。……で、おまえはそれでいいわけ？　仮に、今のラブラブな状態が魔道具の効力だとして……その持続期間っていつまでだ？　魔力が切れたら、どうなる？」

「……わかんない」

幸久自身も悩んでいることを、改めて秋原の口から聞かされて肩を落とす。

わからないことが多すぎて、対処の仕方もまったく見当がつかないのだ。

「慶士郎さん、今度はどれくらい日本にいるかもわかんないし、そのあいだだけでも……恋人でいたい」

ポツポツと自分勝手な望みを語る幸久に、秋原は少しだけ眉をひそめる。そして、これ見よがしに鼻を鳴らした。

「ふーん？　おまえが、そんな刹那的な関係でいい……って納得してるなら、俺はなにも言えねーな」

「……イジワル」

なにも言えないと口にしながら、口調と表情は皮肉を滲ませている。鈍感と言われる幸久でも、それくらいはわかる。

テーブルに置いてある、お茶入りのプラスチックのカップを見下ろす幸久は、拗ねた顔をしているに違いない。

秋原は「どこがイジワルだ」と幸久の額を指で弾《はじ》いた。

「本当のことだろ。なにをどうしろなんて、俺がアドバイスできるとでも思ってんのか？　非現実的な魔道具とやらを受け入れるのに、やっとなんだ」

「それは……うん。信じてくれて、ありがと」

秋原が、どこまで魔道具について信じてくれているのか、本当のところはわからない。

でも、高瀬にからかわれているのではないかと、本心から幸久を心配してくれていることは確かだ。

「信じたっていうか、正直なところ半信半疑だけどな。今度、その魔道具……万年筆だったか？　見せろよ。すげー興味がある」

「いいよ。ただの万年筆として見ても、すごくキレイなんだ。古……じゃなくてアンティークな雰囲気で、繊細な飾り彫りが施されてて……」

自室の机の隅に置いてある万年筆を、脳裏に思い浮かべる。

月の光を浴びてキラキラ光を放ったように見えたのは、酔っ払いの目の錯覚か気のせいかもしれない。

でも、日光を浴びている時と、月明かりの下で目にする時ではボディの色が微妙に違っていて、不思議な魅力を帯びた万年筆であることは違いない。

懸命に万年筆について語っていると、

「あ……慶士郎さん。なんだろ、メールって珍しい……」

テーブルの上に置いていた携帯電話が、メールの着信を知らせた。送信者が高瀬であることはわかっていたので、いそいそと受信ボックスを確認した。

「今日の晩飯は、稲荷寿司《いなりずし》？　帰りに油揚げを買って帰らなきゃ！　稲荷寿司なら、汁物はお吸い物かな。三つ葉と……麩《ふ》と……副菜はなにがいいかなぁ」

高瀬の夕食リクエストに応えるべく買い物リストを指折り数えていると、その様子を見ていた秋原が「はぁ」と嘆息する。

「マジで新婚サンか」

揶揄を含んだからかい文句だったけれど、幸久は肯定も否定もせずに、曖昧な笑みを浮かべて秋原と目を合わせた。

「えっと、秋原も食う？　五目稲荷寿司。よければ、明日のお昼にでも」

以前、幸久が昼食に持参した自作の稲荷寿司を一つつまんだ秋原が、「田舎のばあちゃんの味だ」と目を輝かせていたことを思い出した。

話を聞いてくれたお礼に、折り詰めにして持ってこようかと思ったのだが……ジロリと横目で睨まれる。

「……慶士郎さんの残り物か?」

「そうじゃなくて、ちゃんと別に作っておく」

「高瀬さんのついででも、おまえの稲荷寿司は魅力的だなぁ。ありがたくご相伴に預かることにするか。ま……余ったら、でいい。明日の昼休み、期待せずにここで待ってる」

「なんで、そんな言い方するかなぁ」

むむ……と眉をひそめた幸久に、秋原は「捻くれてて悪かったな」と投げやりに言い返して、イスを立った。

「魔道具云々は別にして、高瀬さんがなにを考えてるのか、俺には予想もつかないけど……ズルい大人に泣かされんなよ」

「……泣かない」

短く返した幸久に、秋原はニコリともせず「ふん?」と鼻を鳴らして、足早に食堂を出て行った。

一人、テーブルに残された幸久は、携帯電話のメール画面を見下ろして高瀬からの短い文面を読み返す。

いつもなら帰国しても外出しがちな高瀬が、幸久に夕食のリクエストをくれる。一緒の時間を過ごそうとしてくれるのだ。

それが嬉しいから、たとえ今の甘ったるい日々が『魔道具』の力だとしても構わない。

「秋原、間違ってるだろ。ズルいのは、おれのほう……だよな？」

秋原の間違いをポツリと独り言で訂正して、次の授業に出るためイスから腰を上げた。

□□□

「ユキ、こっち……ここだろ」

「……うん」

夕食の片づけを終えてキッチンからリビングに戻った幸久を、高瀬は当然のように自分の傍に招いた。

素直に歩を進めた幸久は、高瀬の隣に腰を下ろす。

「これ……慶士郎さんが撮った写真？　おれが見ても大丈夫？」

「ああ」

高瀬がうなずいたのを確認して、リビングテーブルに広げられている大判の印画紙を手に取った。

すべて、風景を写し取ったものだ。青く澄んだ湖だったり、古城にかかる虹や満月、丘陵地帯一面に咲く向日葵《ひまわり》。

「外国だよね」

「ドイツの田舎だ。宝探しのついでに、撮り溜めておいた。某保険会社のカレンダーに使われる予定だ」

高瀬の名前で写真集が出版されているくらいだから、驚くことではない。

幸久は、感じたままに「キレイだ」と短い感想を口にして、持っていた印画紙をテーブルの上へ戻した。

「ん……どっちがついで？」

ふと、聞き流しそうになっていた一言に疑問が生じて、隣の高瀬を見上げた。

きっと、声だけでなく表情にも疑問を浮かべているだろう幸久に、高瀬は飄々とした調子で返してくる。

「本業はトレジャーハンターだからなぁ。こっちは、副収入」

「……本当に、それが本業なんだ」

幸久をからかっているのかと思っていた『トレジャーハンター』は、どうやら冗談ではなさそうだ。

先日の、木塚とのやり取りの際に聞こえてきた報酬額からも、真実味がある。

「世界中を駆け回っての宝探し、おもしろいぞ。他の人間から見ればガラクタでも、コレクターにとっては垂涎ものだったりするからな。人間ってヤツは、奥が深いねぇ」

そう言った高瀬は、子供のような顔で笑った。

宝探しという言葉の響きのせいもあってか、自分よりずっと大人だと思っていた高瀬が少年のように見えて不思議な気分になる。

自然と、「かわいいな」という感情が胸の奥から湧き起こり、そんな自分に戸惑う。幸久よりはるかに大人な高瀬に対して、子供みたいでかわいいなんて……これまで一度も感じたことがなかったのに。

「……た、確かに、人間って奥が深い……かも。そういうのを、世界の中から探し出す慶士郎さんはすごいなぁ」

高瀬から目を逸らした幸久は、顔をうつむけてしどろもどろに口にした。

実際、木塚に渡していた、『呪いの十字架』など……大金を積んで欲しがる人がなにを考えているのか、幸久には理解しかねる。

でも、それの存在を頭から否定せず『ある』のを前提に探し出す高瀬は、すごいとしか言いようがない。

「世間様から見れば、職業不詳っつーか……怪しい人だろうがな。おまえは？　最初っから、全然って言っていいほど俺を警戒してなかったよな」

スルリと肩に左腕が回されて、トクンと心臓の鼓動が速くなる。高瀬の腕の重みを意識しながら、ポツポツと答えた。

「慶士郎さん、酔っ払いに絡まれていたおれを助けてくれたし……本当に格好いいヒーローみたいだった」

「そっかぁ？　おまえを助けるって大義名分でオッサンに八つ当たりして、ストレス解消したかっただけかもよ？」

「なんでもいいんだ。おれにとっては、ヒーローなんだから！」

高瀬を仰ぎ見て拳を握って力説すると、高瀬は無言で苦笑を浮かべた。

こうして近くでよく見ると、高瀬の目は真っ黒ではなく……どこか紫がかったもので、すごくキレイだ。

「慶士郎さんの目、キレイだね。ちょっと不思議な色」

「ああ？　あー……ジイサンがドイツの人間だからな。骨格がアジア人にしてはデカいのも、この目も……ジイサン譲りだ」

「そっか。だから、手とか……足も、大きいのか」

無意識に高瀬の右手を握り、自分のものと手のひらを合わせて大きさを比較する。

幸久の指先は高瀬の指の第一関節あたりまでしかなくて、やっぱり大きいなぁ……と感嘆

れる。

顔を横に向けて話しかけようとしたところで、肩に回されていた高瀬の左手に引き寄せられる。

「慶士郎さ……、ぁ」

の息をついた。

視界が暗くなり、反射的にギュッと瞼を伏せた。

「おまえ、無防備っつーか……かわいすぎるだろ」

吐息が唇を撫で、なにか言い返す間もなく唇が重ねられる。抱き寄せられた肩や、震える唇……触れたところから幸久の緊張が伝わっているのか、高瀬は触れ合わせただけで唇を離した。

「や、やめちゃう？」

どうして引いてしまうのだと、高瀬の着ているシャツの裾をギュッと摑んで端整な顔を見上げる。

そんな幸久に少しだけ意外そうな顔をした高瀬は、かすかな苦笑を浮かべて右手で幸久の鼻先をつまんだ。

「……バカだね、ユキちゃん。キスだけでガチガチに緊張しているくせに、色っぽい目で誘うなよ」

「誘った……つもりはないけどっ。でも」

「続きは、また今度な」

ククッと肩を震わせた高瀬が、抱き寄せていた幸久の肩から手を離した。

重みがなくなると同時に、ぬくもりも離れていき……冷たい風が吹き抜けたような淋しさに襲われる。

密《ひそ》かに窺い見た高瀬の横顔からは、なにを考えているのか読み取ることができない。

幸久が少し怯《ひる》んだせいで、その気がなくなってしまった？　高瀬のキスが嫌だったわけではないのに……。

でも、誘うなと言われたからには、「嫌じゃないから続きを」などと言い出せない。

「あ」

ふっと頭に浮かんだのは、例の万年筆だった。色恋に関することのみ、叶えてくれるという……『魔道具』。

「うん？　なにが、あ？」

短くつぶやいたきり幸久が言葉を続けようとしないせいか、高瀬は不思議そうに尋ねてくる。

「なんでもないっ。ちょっと、提出期限が近いレポートがあるのを思い出して。おれ、部屋に戻る……ね」

苦しい言い訳を捻り出して、誤魔化しを図った。幸い高瀬は、不自然さを感じなかったら

しい。

「ああ……無理せずガンバレよ、勤労学生」

あっさりとうなずいた高瀬に、わずかな罪悪感を覚えながら「うん。おやすみなさい」と返して、座り込んでいたラグから立ち上がった。

妙に思われない程度に速足で自室に入った幸久は、机の上にある『魔道具』……万年筆をジッと凝視する。

カーテンを引いていない窓の外からは、月光が差し込んでいる。

しばらく無言で見詰めていたけれど、そろりと指を伸ばして右手に持った。幸久が手を触れた途端、月の光を吸い込んでぼんやり発光したように見える。

「これ……で、書いたら」

また、願いが叶うだろうか。

高瀬と、対等な関係に……とまでは高望みしないけれど、子供扱いされない程度には恋人として隣に立ちたい。

せめて、触れるだけのキスで「また今度」と言われないように……。

「ええと、どう書けばいいかな。エッチしたい……なんて、露骨か。もっと、進んだ関係になりたい……とか？」

迷い迷いペン先を滑らせて、白い紙にブルーブラックのインクで願いを記す。

インクの残りが少ないのか、最後のほうは文字が所々かすれてしまった。

「インクがなくなったら、どうなるんだろ」

魔道具の効力も、インクと共に消えてしまうかもしれない。

高瀬との関係も、リセットされてしまう？

頭にその可能性が浮かんだ途端、ゾッと背筋を冷たいものが這い上がる。

怖くてたまらなくなり、幸久は慌てて万年筆のキャップを手にして慎重に装着した。

「たぶん、次は……書いてる途中でインクがなくなる」

もう、この万年筆に頼ることはできない。これが最後のチャンスだ。

白い紙を小さく折り畳み、ギュッと手の中に握りしめて胸元に押し当て……目を閉じて
「お願いします」と祈った。

《七》

このリビングに、高瀬以外の人間といるのはずいぶんと久しぶりだ。

普段はたいてい一人で、時々大学の友人が遊びに来て……でも、高瀬が帰国してからの二週間ほどは、幸久が学校やアルバイトに行ったり高瀬が外出したりする時以外は、ほぼずっと高瀬と共にここで過ごしていた。

高瀬が、「仕事関係の人間と晩飯を食うから、今夜はいらん」と言い置いて外出したので、久々に夕食を兼ねて秋原が遊びに来たのだ。

和食に飢えているという秋原のリクエストに応えて、鶏《とり》ごぼうご飯と鰯《いわし》フライ、豆腐の味噌汁の夕食を終え、リビングで酒盛りモードに入った。

とはいっても、アルコールが得意ではない幸久が手にしているのは、いつもの如《ごと》く低アルコールの甘いサワーだ。

秋原は、神妙な顔でハンカチの上に載っている万年筆を見詰めている。まるで、目を逸らしたら襲いかかってくる……という危機感を抱いているみたいだった。

「あの、秋原？」

あまりにも一生懸命に見ているので、息さえ忘れているのではないかと心配になってしまい、秋原の目の前でひらひら手を振った。

「大丈夫？　魂、抜かれてるみたいだよ」

モノが『魔道具』なだけに、シャレにならない。

幸久が自分の発言に心の中でそうツッコミを入れたのとほぼ同時に、完全にフリーズしていた秋原が口を開いた。

「怖いこと言うなよ。この万年筆、妙な雰囲気があるし……マジで魂っつーか気力を吸い取られそうだ」

「やっぱり、秋原もそう思う？　おれは、そこまでじゃないけど、普通の筆記用具じゃない感じは伝わってくるんだよな」

魔道具だ、という先入観も作用しているのかもしれないが、漂っている雰囲気が独特なのだ。

「鈍感なおまえがそんなふうに思うくらいだから、やっぱ『普通』じゃないんだよ。魔女が作った『魔道具』って説の真偽は別として、妙な迫力があるのは認める。正直言って、触りたくねぇ」

なにかにつけ鈍感だと散々言われている幸久とは違い、秋原の観察眼や勘が鋭いことは確かだ。

触りたくない、と口にしながら目を細めて万年筆を見下ろした。

「たぶん、アンティークとしての値打ちもそこそこあるだろ。飾り彫りなんか精緻でスゲーし、そういうのを集めてるマニアは欲しがりそうだ。ネットオークションとか出してみろよ。予想以上の金額がつくかもよ」

「そう……かもしれないけど、慶士郎さんがおれにくれたものだから、オークションとか出す気はない」

真顔で返した幸久の答えに、秋原は「おまえらしーわ」と笑って、手元にあるグラスを摑んだ。

持参した焼酎を、幸久が自作した瓜や茄子《なす》の浅漬けを肴にしてロックで飲む。秋原の外見は、幸久よりずっと最近の若者と言った雰囲気なのに、酒の好みは渋い。

「でもさ、魔女が作った魔道具って仰々しいふれこみの割りに、色恋にしか効果がないって面白いよなぁ。スゲーんだか、くだらないんだか」

「んー……効力はすごいけど、最初の一回しか願いを叶えてくれないのかも」

チラリと万年筆に視線を落とした幸久は、憂鬱なため息をこぼす。

秋原が手にしたグラスの中で、カランと氷が触れ合う音がした。

「うん？　そうなのか？」

話題になったことを幸いとばかりに、ここしばらく幸久を悩ませていることを一気に吐き出す。

「だって、慶士郎さんともっと先に進みたいって書いても、叶わない。やっぱりキスだけでやめちゃうんだ。おれ、嫌がったりしてないのに。むしろ、いつでも来いって待ち構えてるつもりなんだけどなぁ」

ゴンと重い音を立ててテーブルにグラスを置いた秋原は、幸久の後頭部を拳で殴って苦情をぶつけてきた。

「生々しいコト聞かせんなよっ」

両手で頭を抱えて、痛い……とつぶやいた幸久は、この際なにもかも吐露してしまえとばかりに続ける。

「おれ、真剣に悩んでるんだ。女の子たちの気持ちが、ちょっとわかった。手を繋いだりキスもしないのって、自分のことをそれほど好きじゃないのかな……って、不安になるんだろうな」

「おお……そいつは進化だ。おまえの恋愛観を大人にする高瀬氏、スゲーな」

かすかな苦笑を滲ませた秋原は、そう言ってロックグラスに残っている焼酎を一息で呷《あお》った。

「エッチしたら、なにか変わる？　慶士郎さんはどうなるんだろって、そんなことばっかり考えてる」

ポツポツとここしばらくの悩みを語る幸久に、聞きたくないという苦情をぶつけても馬耳東風だと思ったのか、秋原は諦めの滲む表情で嘆息して口を開いた。

「乙女かよ。……乙女って言うにはド直球な、下半身事情の悩みか。まぁ、青少年の正しい苦悩だな。慶士郎さんとおまえが、どっちも性別オスってことに目をつぶれば、だけど」

「どれだけ目をつぶってもいいから、なんか有効なアドバイスをしてよ。少なくともおれよりは恋愛経験が豊富だろ。魔道具の呪いが効かないなら、実力行使……？　おれ、慶士郎さんを押し倒せるかなぁ」

他力本願なのは情けないと思うけれど、幸久が一人で考えても解決策らしきものを見つけられないのだから、どうしようもない。

そう開き直り、有益なアドバイスをくれと秋原に詰め寄った。

「豊富ってほど、自慢できる遍歴じゃないけどさー……魔道具の呪い、ねぇ。恋のオマジナイっていうには、おどろおどろしいな。呪い……か」

呪い、と何度かブツブツ口にしていた秋原が、「あ」となにやら思いついたように短く口を開いた。

幸久は目を輝かせて、

「なんか思いついたっ？」

と、身を乗り出す。

きっと今の幸久は、期待をたっぷりと込めたキラキラとした目で秋原を見ている。

秋原は頬を引き攣らせて幸久の頭を押し返し、

「あんまり期待するな」

と、つぶやいた。

そのくせコホンと軽く咳払《せきばら》いをして、勿体《もったい》つけて言葉を続ける。

「前にさぁ、般教《ぱんきょー》で取ってた心理学の授業で聞いたんだけど……呪いって、本人が気づいた時に完成するんだってさ。たとえを出せば、小さな不幸が重なって最近ツイてないなー……って頭に引っかかってるとするだろ。そこへ、第三者が『呪われてんじゃね』って余計な一言をぶつける。そしたら本人は、『そっか、アレもコレも呪いのせいか』って嫌なコトや不運を全部そこに結びつけるわけだ。あとは、勝手に鬱に陥って自爆……ってオチ」

「うん？　わかるような、わかんないような……」

確かに、身の周りで嫌なコトが続いていて「呪われてんじゃないか」と言われたら、まさか……と笑いつつ「そうかも」と引っかかりそうだ。

ただ秋原の語ったそれが、今の自分にどう繋がるのか不明だ。

「魔道具の呪いが、どう関係あるんだ？」

首を捻る幸久は、全然わかっていないと顔面に書いているはずだ。秋原は面倒そうな顔をしながらも、解説してくれる。

「だからぁ、最初に試し書きした時って、高瀬さんがその紙を見たんだろ。それによって、呪いが完成した。今度は？　見せたのか？」

言われた途端、パチンと目の前でなにかが弾けたように感じた。

呪いは、本人が気づいたら完成する。つまり、幸久の願いを高瀬自身が知らなければならない……？

「あ……見せて、ない。つまり、慶士郎さんに読ませたら今回もうまくいくかもしれないってこと？」

「可能性の一つだけどな」

「秋原……あったまいい！」

感嘆の声を上げると、ガシッと秋原の手を両手で握りしめた。幸久の勢いに圧《お》されたのか、秋原は「おお……」とつぶやいて身体を引く。

「試してみる」

「そうしろそうしろ。あ、結果報告はいらねーから」

投げやりな態度でそう言った秋原は、きっと『乙女』と言われた幸久の相手をするのが面倒になったのだ。

握りしめていた幸久の手から逃れ、「よっこいせ」と年寄りじみたかけ声と共に立ち上がった。

「醒めた。高瀬氏と鉢合わせする前に、帰るわ。ごちそーさん」

ソファの脇に置いてあったバッグを摑むと、醒めたという言葉通り酔いの余韻を感じさせない速足で玄関に向かう。

幸久は慌てて腰を上げると、その背中を追いかけた。

「結構飲んでたけど、ホントに大丈夫？」

「ああ。醒めたって言っただろ。もともと、あれくらいじゃ酔わねえ。慶士郎サンによろしく」

靴を履きながら答えた秋原は、振り向くことなくひらひらと右手を上げて危なげない足取りで廊下に出た。

幸久は、玄関先に立って閉じたドアを見ながら、つぶやく。

「なんだかんだ言いながら、つき合ってくれるんだよなぁ」

本人に自覚があるかどうかはわからないけれど、面倒臭そうな言い方をしたり呆れたような顔をしたりしつつ、幸久を見捨てない。

鈍いとか、わざとボケてんのかと言われて他人を苛《いら》つかせることが多い自分にとって、貴重な友人だとつくづく思う。

「呪いの完成……かぁ」

秋原との会話を思い起こしながら、お守りのようにシャツの胸ポケットに入れてある白い紙を取り出す。

小さく折り畳んでいた紙を広げて丁寧にシワを伸ばすと、ブルーブラックの文字に目を落とした。

「やっぱり、もっと具体的なほうがいいかな。インク、少ない感じだけど……それくらいは書けるよね」

玄関先から踵を返すと、リビングに戻る。

秋原に披露した時のまま、リビングテーブルのハンカチの上に置いたままだった万年筆を手に取って、ペン先を紙に押しつけた。

紙がシワくちゃなせいで、万年筆のペン先が引っかかり……インクを滲ませながら、なんとか短い一言を書き足す。

「Hしたい……」

で、いいのだろうか。あまりにも直球な一文だが、変に回りくどいよりも効き目がありそうな気もする。

ふう……とため息をついて万年筆にキャップを戻したところで、玄関の開閉する音が聞こえてきた。

「あれ？　秋原、なんか忘れ物……あ、慶士郎さん。お帰りなさいっ！」

振り向いた幸久の目に飛び込んできたのは、高瀬だった。パッと目を輝かせて、座り込んでいたラグから立ち上がった。

珍しくスーツを着て出かけたのだが、上着を脱いで手に持ち、ネクタイのノット部分をゆるめている。

「おー、ただいま。……友達が来てたのか？」

チラリとテーブルに視線を落とした高瀬は、不快感を滲ませたわけではなかったけれど、幸久は慌ててラグに膝をついた。

「うん。あ、ごめん。すぐに片づけるから」

酒盛りの形跡が残るリビングテーブルに手を伸ばして、使い終えた皿を重ねる。半分近く中身が残っているサワーの缶とグラスを纏め、倒れていた焼酎の瓶を起こし……慌てたせいで、また倒してしまう。

「うわわっ、ガチャガチャさせてごめんなさい」

「急がなくていい。グラスとか割って、怪我をするなよ」

そう言いながらソファの背にスーツの上着をかけた高瀬は、片手でネクタイを抜き取って大きく息をついた。

「あっつー……苦しかった。この手の服は、どうも苦手だ」

どさりとソファに腰を下ろし、天井を仰いで特大のため息をつく。

すぐ傍にいる高瀬をチラリと横目で見遣った幸久は、シャツのボタンを二つ外して寛《くつろ》げた襟元を目に映す。

くっきり隆起した喉仏、がっしりとした首筋から鎖骨のライン……と視線で辿り、ぎこちなく目を逸らした。

なんだろう……心臓、ドキドキする。こういう服装の高瀬を目にすることが、あまりないせいだろうか。

「慶士郎さんガタイがいいから、スーツとか似合うのに……あんまり着ないの、なんかもったいないって思うけど」

思うまま口にした直後、ガシッと腕を掴まれる。幸久は驚いて大きく身体を震わせたけれど、高瀬の手は離れていかない。

もたれていたソファから背を浮かし、幸久の顔を覗き込むようにしながらニヤリと意味深な笑みを浮かべた。

高瀬がこういう表情を浮かべるのは、幸久をからかう気満々な時だ。

「ふーん？　ユキちゃんは、こういう格好の俺のほうが好きか？」

掴まれた右腕……肘のところから、高瀬の体温が浸み込んでくる。こんなふうに接触するのは初めてではないのに、落ち着かない。

ついさっき、秋原曰く『生々しいコト』を考えていたせいだろうか。願いが叶えば、これどころではない濃密な接触が行われるはずなのに……。

心の中で「落ち着けよ、おれ」と自分に言い聞かせながら、なんとか言い返した。

「……ジャージでも、慶士郎さんは格好いいよ」

「かわいいこと、言うじゃねーか」

笑って片手で幸久の頭を撫で回した高瀬は、ふと笑みを消して自然な仕草で顔を寄せてくる。

「ぁ……」

次にどうなるのか、いくら鈍感な幸久でも察せられる。ビクッと肩を震わせると、きつく瞼を閉じて唇に触れるぬくもりを受け止めた。

軽く触れ合わせるだけで離れていきそうになった高瀬の背中に手を回し、もっとくっつきたい……と態度で伝える。

高瀬は軽々と幸久を膝に抱き上げて、小さな子供をなだめるようにポンポンと軽く背中を叩いた。

「ユキ？　なんで今日はそんなにくっつきたがる……」

怪訝そうな声で言いかけた高瀬が、不意に言葉を途切れさせた。幸久を膝に抱いたまま、腕を伸ばして……カサリと紙の音が耳に入る。

テーブルの上に置いてあったのは、秋原に披露したあの万年筆と……彼からのアドバイスを受けて願いを書き足した……メモ用紙！

そこになにを書いてあるのか瞬時に頭に浮かび、焦って身体をよじった。

「あっ、それ……っ」

もともと、高瀬自身に見せるつもりだったモノだ。

そうすることで『呪い』が完成するなら、浅ましい願いを本人に見られることなど躊躇いもないはずで……。

でも、自ら見せるのと覚悟を決める前に見られてしまうのとでは、結果は同じでも心構えが違う。

「見るの、ちょっと待っ……」

「もう読んだ」

低い声が短く答えるのに、グッと言葉を飲み込んだ。そろりと視線を向けて、高瀬の表情を窺う。

高瀬は、唇を引き結んで眉間にほんの少しシワを刻み……どことなく難しい表情で、手に持った白いメモ用紙……いや、幸久が書いたブルーブラックの文字を凝視していた。

見られてしまったからには、もう引き返せない。当初の予定通りに、コトを決行するのみだ。

「慶士郎さん、それ……で、その気になった？　秋原に言われたけど、呪いって本人が自覚したら完成するんだよね。魔道具の呪いも、慶士郎さん本人が目にしたら効力を発揮する

……はず、って思ったんだけど……ち、違う？」

「……はぁ」

幸久がしどろもどろに語る言葉を聞いていた高瀬は、片手で顔を覆うと、なぜか特大のため息をついた。

高瀬の膝に抱かれたままの体勢は、なんだか居心地が悪い。

「慶士郎さん、おれ、重いだろ」

高瀬の膝から降りようと身体をよじったところで、高瀬が低くつぶやいた。

「悪い、ユキ」

だから、降りろ……という意味だと思い、ゆるく首を左右に振る。

「ううん。重いの、わかってるから」

「違う。そっちじゃない。……おまえに、こんなの書かせて……すまん」

「……え？」

動きを止めた幸久は、苦しそうな響きでの謝罪に首を傾げる。

どうして、高瀬が謝るのだろう。失敗した？　やはり、『魔道具』の力を借りてもその気にならない？

「やっぱり、無理ってこと？　おれが男だから、『魔道具』の呪いを借りてもその気になれない……とか？」

すごい威力だと思っていたけれど、どんなものでも思い通りに叶うわけではないのだろうか。


それとも、インクがほとんどなくてかすれた文字だからダメだった？

悩む幸久に、高瀬は微苦笑を浮かべてそっと首を横に振る。

「違う。男だからダメだってんなら、キスとかもできないだろ」

「じゃあ、どうして……謝るの？」

なにがダメだったのだろう。高瀬に謝られる理由がわからなくて、胸の奥から不安が込み上げる。

「虚《むな》しいなぁ。自業自得だけど……俺、すげぇ馬鹿」

「え？　なに？　慶士郎さんは、馬鹿じゃないと思うけど。英語もドイツ語も話せるし、おれの知らないことをいっぱい知ってて……」

「そういう意味じゃねーよ。天然ボケめ」

大きなため息をついた高瀬は、少し淋しそうな……諦めたような苦笑を浮かべて幸久の頬をつまみ、軽く引っ張る。

「？　じゃあ、なに？」

事態がまったく読めない幸久は、馬鹿なのは自分ではないだろうかと悩みつつ、首を捻った。

「種明かしをしてやる。……ちょっと待ってろ」

幸久を膝から下ろしてソファから立った高瀬が、リビングを出て自室へと入っていく。

残された幸久は、自分の書いた恥ずかしい願いを証拠隠滅とばかりにくしゃくしゃに丸めて、ギュッと握り込んだ。

「……ユキ」

「っ！　はいっ」

予想より早く戻ってきた高瀬に名前を呼ばれ、ビクッと肩を震わせる。

目の前、テーブルの上に置かれたのは……白い紙。

見覚えのある、ブルーブラックのインクで文字らしきものが書かれているけれど、幸久には読めない外国語だった。

「慶士郎さん？　これ……って」

「いつインクが切れるかわからなかったし……最初に保険に書いておいた。ソイツで」

ソイツ、と。

高瀬は、視線で例の『魔道具』……万年筆を差す。

意味がわからない幸久は、なにも言えず……高瀬が言葉を続けてくれるのを待った。

そうして幸久が視線で説明を求めているのは伝わっているはずなのに、高瀬はなにも話してくれず白いメモ用紙を灰皿の上に翳《かざ》す。

「あ……」

ライターで端に火を点けると、生き物のようにオレンジ色の炎が揺らめいた。半ばまで燃え広がったところで、灰皿に置く。

言葉もなく目に映す幸久の前で、小さなメモ用紙は呆気なく灰へと姿を変えた。

「慶士郎さん、今の……なに？　どういう意味が……」

灰皿から目を逸らした幸久は、テーブルの脇に立ったままの高瀬を見上げる。視線が絡み、グッと唇を引き結んだ。

どうして……食い入るような目で、ジッとこちらを見ているのだろう？

まるで、わずかな変化も見逃すまいと観察しているみたいだ。

「おまえ、魔道具の呪いにかかったのは、俺だと思ってるだろ」

「う、うん」

「違うんだ。魔道具に惑わされたのは、俺じゃない。おまえのほうだった。でも安心しろ。……これで終わりだ。全部、元通りに……リセットした」

あきらめたように小さく笑った高瀬は、ポンと幸久の頭に手を置く。

なに？　どういう意味？

魔道具に惑わされたのは、高瀬ではなく……幸久のほうだった？　これで終わり？

高瀬が語ったことがなに一つ理解できなくて、幸久は戸惑うばかりだ。

言葉もなく視線を泳がせていると、高瀬が万年筆を手に取った。両手で持ち、躊躇いもなく真ん中あたりで折ってしまう。

「あ！」

「コイツは、ドイツの片田舎で手に入れた……って言っただろ。中世ドイツの魔道具が、日本語を理解すると思うか？」

「……それは……わかんな……い」

高瀬が言おうとしていることは、なに？

呆然と瞬きを繰り返す幸久に、高瀬はクスリと笑って言葉を続けた。

「つまり、だ。ドイツ語……それも古語でなきゃ意味がねえ。恋人にって願ったのは、俺のほうだった。おまえは……コイツの呪いに惑わされただけだ」

「慶士郎さん……が、おれに？　いつ、そんな……。なんでっ？」

「あの日、おまえが帰ってくる直前だ。おまえは、万年筆の呪いにかかったせいで『俺と恋人に』なんて文言を書かされたんだよ。それでもいいって思ってたんだけどな、良心の呵責《かしやく》っつーか……なにより、メチャクチャ虚しくなった。悪かったな」

あきらめたような淋しげな笑みを滲ませてそう言うと、幸久の頭に置いていた手を浮かせて踵を返す。

広い背中に向かって、

「慶士郎さん！」

と呼びかけたけれど、高瀬は立ち止まることも振り返ることもなく、リビングを出ていった。

幸久の前に残されたのは、真ん中あたりで見事に折られた万年筆と……灰皿に残る、紙の燃えカスのみだ。

「あの日……確かに、慶士郎さんは灰皿でなにかを燃やしてた」

憶えている。帰宅した幸久は、灰皿で物を燃やすなと文句を言ったのだ。

あれが、高瀬の言うように幸久の帰宅直前なら……。

「やっぱり違うよ。おれは、この万年筆に惑わされたんじゃない。慶士郎さんが好きなのは、魔道具の呪いなんかじゃない」

自覚したのは、昼休み……大学の食堂だった。

高瀬が、魔道具を使って呪いをかけたというのが本当に幸久の帰宅直前なら、タイムラグがある。

高瀬への想《おも》いは、魔道具に惑わされた偽物なんかじゃない。その証拠に……終わりだと言われた今も、これまでとなにも変わらない。

「元通り、ってなに？　おれは、初めから慶士郎さんを好きで……好きなままだ。慶士郎さんも、そうじゃないの？」

それに、高瀬は幸久の質問に答えてくれていない。

なぜ？　どうして、色恋沙汰にのみ効力があるという『魔道具』に、幸久とのことを願った？

幸久を好きだから……という答えに行きつくのは、図々しいだろうか。でも、それ以外になにがある？

……わからない。もどかしい。

「終わってなんか、ない。おれ……なにも納得できないよ」

グッと握りしめた拳の中に、違和感を覚えて手を開いた。無意識に握り込んでいた、小さく丸めた白い紙に顔を歪《ゆが》ませる。

高瀬が言うように、ドイツ語で書かなければ無意味だというなら……こんなことを書いて、高瀬自身に見せて……滑稽でしかない。

「自分が言いたいことだけ、言って……慶士郎さんのバカ」

丸めた紙片を灰皿に投げ入れた幸久は、折られた万年筆を目に映して途方に暮れた気分でつぶやいた。

そうして「バカ」と言いつつ、高瀬への甘苦しい想いが胸の奥に渦巻いている。

これが、魔道具に惑わされていた、偽物だなんて……言わせない。

「でも、証明するのは……どうやって？」

目に見えない、具現化することもできない恋心の証明をどうすればいいのか。

解決策の一端さえ見つけられなくて、折れた万年筆を見つめながら長い時間ラグに座り込んでいた。

《八》

キッチンで朝食の準備をしていると、高瀬の部屋のドアが開く音がした。幸久は、菜箸《さいばし》を持ったまま廊下を覗く。

薄手のジャケットを着て、メッセンジャーバッグを肩にかけ……すっかり外出の支度が整っている高瀬と目が合った。

秋原には散々鈍感だと言われている幸久でも、アレ以来高瀬とのあいだにギクシャクとした空気が漂っていることは感じ取っている。

「あの……慶士郎さん、出かける？　もうちょっとで朝ご飯できるけど」

上擦りそうになる声を抑え、なんとか普通に話しかけた。

高瀬は、そんな幸久の努力を無視するように目を逸らして、大股で玄関へ向かいながら言葉を返してくる。

「……すまん。時間がないから出る。帰りは夜中になるだろうから、晩飯も用意しなくていい」

「あ、明日」

明日の朝ごはんは？　と幸久が言い切るより先に、素早く靴を履いて出ていってしまう。

玄関扉が閉まり、シン……と静かになった。

唇を引き結んだ幸久は、菜箸を握る手にギュッと力を込めた。そこへ、炊き上がりを知らせる炊飯器の電子音が響く。

「ああっ、焦げ臭い！」

鮭《しゃけ》、焼いたのに。卵焼きも、もう少しでできるところ……で。

クンクンと鼻を鳴らした幸久は、慌てて踵を返してガスコンロに駆け寄る。

コンロの火を止め、煙の出ているフライパンを覗き込むと、恐る恐る卵焼きをひっくり返した。

フライパンに接していた面は……見事に真っ黒だ。

「あーあ……やっちゃった。もったいないから、焦げてるところを剥がして無事な部分だけ食べよ。鮭はお握りにして、お昼ご飯に持っていくかな。味噌汁は……作るのやめた」

自分のためだけに食事の用意をする……となれば、途端に面倒になるから不思議だ。高瀬が食べてくれるなら、どれだけ手の込んだ料理でも少しも面倒だなんて思わないのに。

「夜は、バイトのシフトをラストまで延ばしてもらって……賄いをもらおう」

高瀬が日本にいるあいだは、早めに帰宅できるようにバイトの時間を短く調整してもらっていた。

それも、高瀬の帰宅が深夜になるなら無意味だ。

ふぅ……と大きなため息をついて、用意していた皿や茶碗《ちゃわん》を片づける。

「元通り、って……どこが？　慶士郎さんの嘘つき」

魔道具の呪いを、リセットした。これで、元通りだ……と言ったくせに、高瀬の態度は明らかに『これまで通り』ではない。

鈍感だと散々言われている幸久が、避けられていると感づくほど逃げの姿勢を取っていると思う。

「あれから、三日……か。話をするどころか、ほとんど顔を合せてもないもんな」

高瀬の手で真っ二つに折られた万年筆は、幸久の部屋の机の上……これまでと同じように、ハンカチに載せてある。

どれほど月光に翳しても、あの不思議な光を纏うことはない。インクが切れたからか、折られたからか……魔力が消えたに違いない。

「そもそも、あれが本物の魔道具で……魔力があったかどうかも、わかんないよな」

高瀬の願ったことが、幸久が書いたものと同じなら……その前に、幸久は高瀬を好きになっていたのだ。

最初から想いが互いに向いていたのなら、魔道具の効力があったのかどうかなど知る由もない。

「そんな話も、させてくれないし。……あ、なんかちょっとだけ、イラッとしてきたかも」

この三日、幸久は高瀬の背中ばかり見ている。会話するどころか、まともに目を合わせてもくれないのだ。

そう思えば、胸の奥にモヤモヤが蓄積していく。

「どうしたらいいんだろ」

菜箸を握ったまま、フライパンを見下ろしてぽつりとつぶやく。当然、焦げた卵焼きが答えてくれるわけがない。

数え切れないほど重ねたため息の数をさらに追加して、昼食用のお握りを作るためにラップを置いてあるストッカーへ手を伸ばした。


「えっらい大胆な握り飯だな」

斜め上から落ちてきたのは、聞き覚えのある声だ。動きを止めた幸久は、大胆と言われたお握りを両手で持ったまま背後を振り仰いだ。

「秋原か。……秋原も食う？　具は、鮭と卵焼きと、海苔《のり》の佃煮《つくだに》。あと、ウインナーとブロッコリーも埋めてある」

朝食にするはずだったものを手当たり次第に突っ込んだお握りは、ソフトボールほどもある巨大なモノだ。

食堂のテーブルに置いてある紙袋を探り、「あと二つあるから、食うの手伝ってよ」と有無を言わさず秋原に手渡した。

「サイズといい、海苔でみっちりコーティングされた見てくれといい、バクダンっつーか砲丸握り飯か」

苦笑した秋原は、中華そばの器が載っているトレイをテーブルに置いて、幸久の隣のイスに腰を下ろした。

「いろんな具を突っ込んでいるうちに、ちょっと楽しくなってきた。慶士郎さんが食べてくれないおかず、置いてても仕方ないから、全部握ってやった」

冷蔵庫に入れておいてもよかったけれど、いつ高瀬の口に入るのかわからないのだ。手つかずのまま、冷蔵庫を開けるたびに目にするかもしれないと想像するだけで憂鬱になって、すべてお握りの具に活用することにした。

「ふーん？　おまえがそんな八つ当たりじみたコトするなんて、珍しいなぁ。ご機嫌だったんじゃないのか？」

「……昼ご飯、食べ終わったら話す」

聞いてくれ、ではなく問答無用で話してやると宣言する。

秋原は不思議そうな顔をしながら、幸久が手渡した巨大お握りのラップを剝いで齧《かじ》りついた。

「おお……卵焼きが出てきた。握り飯の具として、どうなんだ……って思ったけど、意外と美味いな。微妙な醤油加減が、なんとも」

「卵と米は、もともと相性がいいし。あ、でもさすがに、プチトマトと納豆はやめておいた。納豆は未開封だったら、日持ちするしね」

「……賢明な判断だ」

納豆やプチトマトが握られている状態を想像したのか、秋原は珍妙な表情を浮かべて巨大お握りに齧りつく。

黙々と二つ目のお握りも腹に収めた幸久は、食堂に備えつけの無料の薄いお茶を飲んで「さすがに苦しい」とつぶやいた。

力任せに握り込んだから、お握り二つで一合くらいの米があったはずだ。それに具がプラスされているので、明らかに食べすぎだ。

「うーん……ブロッコリーは、今度からやめておけ。食い終わったなら、しゃべれよ」

中華そばのスープを飲み、麺《めん》をすすり……お握りに齧りつく。

効率よく食べ進めている秋原は、見る見るうちに巨大お握りを攻略して幸久に「聞いてやるから話せ」と促してきた。

「……ん。どこから話そう。……えっと、あの後、帰ってきた慶士郎さんに秋原の案を試そうとしたんだけど……予想外の方向に向かっちゃった」

「愉快な方向じゃなさそうだな」

「なんかもう、わけわかんなくなってきた……」

うつむいた幸久は、秋原がそばをすする音を聞きながら、あの後の経緯を途切れ途切れに語った。

昼食時の食堂には、大勢の学生がいる。その適度なざわめきが、幸久の声が周りに届かないようかき消してくれる。

それに安心して、無様な悩みというより愚痴をこぼした。

「慶士郎さん、おれの言い分を全然聞いてくれないし、完全に自己完結しちゃってるみたいで……」

思い浮かぶまま話し続けたので、幸久の語る言葉は支離滅裂だったかもしれない。けれど秋原は、一度も口を挟むことなく幸久にしゃべらせてくれた。

すべて吐き出した幸久は、言葉を切って口を噤《つぐ》む。黙って聞いてくれていた秋原は、しばらく経ってからカタンと席を立った。

グチグチとこぼす幸久に、呆れたのだろうか。聞き苦しい話だろうとは、自分でもわかっている。

「コレ、戻してくるだけだ」

目に不安が滲んでいたのか、見上げた幸久にそう言いながら空になった食器の載ったトレイを手にした秋原は、カウンターの食器返却口に向かった。

みっともない……情けない。でもこんなこと、秋原にしか話せない。

うなだれてひっそり自己嫌悪に陥っていると、突然うなじに冷たい物が触れた。

「うひゃぁ」

驚きのあまり、奇声を発しながらビクッと身体を震わせて振り返る。

食堂の隅にある自動販売機で購入したのか、馴染みのあるパックジュースを手にした秋原が立っていた。

「巨大握り飯の礼だ。ホワイトサワー、好きだろ」

「あ、ありがと」

両手でパックジュースを受け取り、隣に座り直した秋原をそろりと窺い見る。

横目で幸久を見遣った秋原は、呆れているというよりも、仕方なさそうな苦笑を滲ませていた。

「おまえら、本っ当にどうしようもないバカップルだな。おまえはともかく、高瀬氏もいい歳《とし》して……実はガキなのか？」

眉を寄せ、幸久に聞こえない音量でなにやらブツブツとつぶやいていたけれど、テーブルに両手をついて深く息をついた。

「俺、マジでお節介っつーか……気分は、兄貴ってよりおとーさん……。他人の色恋沙汰なんざ、放っておきゃいいって頭ではわかってんのに……」

ゆっくりとこちらに顔を向けた秋原と、バッチリ視線が絡む。きっと今の幸久は、縋るような目で秋原を見ている。

なにか、有効なアドバイスをもらえるのかと……期待に満ちているかもしれない。

「あああ……ほら、そんな目で見られたら、どうにかしなきゃならんって気になるんだって。おまえ、実はわかっててやってんじゃねーの？」

片手で自分の髪をかき乱し、「うう……」と唸っていたかと思えば、電池が切れたかのようにパタリとテーブルに突っ伏した。

「あ、秋原？　大丈夫？」

「はぁぁ……おまえさ、俺がどんな手を使っても……結果がどうなっても構わねぇって、誓えるか？　外したらさらに関係を悪化させるかもしれない、結構な賭《か》けかもしれないけど」

「うん。今の状況が、変わるなら。よくならなくても……いいかな」

解決策のない、前にも進むことも後ろに戻ることもできない……この、膠着《こうちゃく》状態が一番苦しいのだ。

秋原がなにかを変えてくれるのなら、他力本願なのは情けないとわかっているけれど是非にお願いしたい。

「わかった。じゃあ、さっそく今日……はおまえ、バイト？」

「うん。あ、でも九時前には終わる」

バイトに入ってからシフト変更を言い出そうと思っていたけれど、シフト表のままなら早上がりだ。

「九時か。高瀬さんの帰宅は？」

「わかんない。遅くなるって言ってたけど……夜中かなぁ」

「そいつは好都合。おまえのバイトが上がるの、待ってるからさ。なんか食わせて。一肌脱いでやるから、報酬の先払い」

「それはもちろん、いいけど……」

秋原がなにをしようとしているのか、わからない。

でも、自分が下手に計画するよりもずっと有効な手段を講じてくれるはずだと期待して、大きくうなずいた。

□□□

幸久のバイト上がりを待っていてくれた秋原とマンションに戻ると、二十二時を大きく過ぎていた。

遅い時間なので軽めの夕食を終えて、リビングに移動する。

「これ……話した通り、慶士郎さんがポッキリと」

「うわ、ホントだ。へぇ……折れたコイツには、この前みたいな妙な迫力っつーか威圧感がないな」

「やっぱり秋原もそう思うんだ。インクも切れたし、折れたことで魔力がなくなっちゃったのかな」

二人で真っ二つになっている万年筆を覗き込み、不思議だ……と首を捻る。

秋原は、折れた万年筆を指先で突いて短く息をついた。

「ちょっと、もったいない気もするな。キレーな万年筆だったからさ」

「うん。おれも、それは思う」

魔女が作った『魔道具』が、本物だったか否かは別にして、すごくキレイな万年筆だったことは確かだ。

秋原は、無残な姿になった万年筆をしばらく無言で見詰めていたけれど、突如なにかを思い出したかのように幸久に向き直った。

「高瀬さんは、まだ帰ってきそうにないか?」

幸久は、唐突な質問の意味を図りかねて首を傾げる。目を合わせても、秋原がなにを考えているのか読み解くことはできない。

ひとまず、時計をチラリと目にして質問に答えることにした。

「昨日や一昨日は、日付が変わる前に帰ってきたから……今日も、そのあたりには帰ってくるはずだけど」

壁にある時計の針は、二十三時を少し過ぎたところを差している。これからだと、一時間はかからないうちに帰宅するはずだ。

そう答えた幸久に、秋原は「そっか」とつぶやいて思案の表情を浮かべた。

「秋原?　それがなに?」

「んー……この計画はなぁ、タイミングが重要なんだ。早すぎても問題ありだし、遅くても……いろいろとマズいよなぁ」

本当に、なんなのだろう。

今の幸久は、頭の中だけでなく、顔にも『?』マークが大量に浮かんでいるはずだ。

答えを探してジッと秋原の横顔を見つめていると、クルリとこちらに顔を向けた。

「秋原?」

秋原の手が伸びてきて、軽く頬をつままれる。

目をしばたたかせた幸久と視線を絡ませると、なにを考えているのか読めない……真顔で口を開いた。

「おまえさ、女ウケだけじゃなくて……実は結構、男にもウケる顔をしてるって自覚、あるか? 取り澄ました嫌味なイケメンかと思ってたら、実はぽやんとしてる天然ボケってだけで……第一印象とのギャップがカワイイってさ」

いきなりなんだ。

秋原の質問の意図がわからなくて、小刻みに首を左右に振る。

「ま、そうだよな。おまえに自覚があるわけがないか」

ククク ッと肩を揺らした笑った秋原は、じりじりと身を乗り出してきた。幸久は必然的に身体を引くことになり、上半身を反らしたせいで腹筋が引き攣る。

「なんなんだよ、秋原。近……近いって、うわっ」

ラグについていた手が滑り、重心を後ろにかけていたせいで見事に転がってしまう。背中と後頭部を打ちつけて、「痛ぇ」と呻《うめ》いた。

毛足の長いラグが敷かれているとはいえ、その下はフローリングだ。思いきりぶつけた頭が、クラクラする。

「脳細胞、大量に死んだ」

唸りながら片手で後頭部を撫でていると、目の前に影が差した。

なにかと思えば、幸久に覆いかぶさるような体勢になった秋原がシーリングライトの光を遮っている。

「秋原……？」

なんだろう。

表情を変えることなく、こんな体勢でジッと見下ろされると妙な感じになってくる。

相手は秋原なのに、なに……バカなことを。

幸久がそう自嘲《じちょう》したと同時に、秋原が口を開いた。

「乙女な恋愛相談を聞いてやってたけど、わざわざ慶士郎サンとラブラブになる手助けをしなくてもいいか……って気がしてきた。ふらふら国外を放浪している高瀬氏より、いつも近くにいる俺のほうがいいと思わないか？」

なに？　今、コイツはなんて言った？

静かに語った秋原の言葉の意味を理解するのに要したのは、数十秒。その間、秋原は表情を変えることなく幸久を見ている。

「……冗談、……また、からかってんだろ」

今回は、ずいぶんと悪趣味なからかい方だ。

そう表情を曇らせた幸久に、秋原は無言で思惑の読めない微笑を浮かべる。

「さて、どうでしょう。からかってると思うなら、そのままじっとしてれば？　俺は好きにさせてもらうけど」

「バカ……秋原。や、やめろって！」

「それ、本気で抵抗してるのか？　非力なヤツ」

さすがに危機感が湧いてきて、ジタバタと手足を動かした。

それでも、まさか秋原が本気で自分をどうにかしようとしているとは思えなくて、必死の抵抗には程遠いものになってしまう。

秋原は「好きにさせてもらう」という宣言通りに、幸久を押さえつけてシャツの裾から手を突っ込んできた。

腹から胸元まで撫で上げられて、ゾワッと全身の産毛が総毛立つ。

「ゃ……やめろ、って！　秋原っっ」

幸久が本気で怯えた様子を見せれば、「バーカ、マジだと思ってビビったか」と笑って手を引く。

そう軽く考えていたのに、秋原は幸久に乗り上がったまま動こうとしない。

ラグからはみ出してジタバタしている幸久の耳に、玄関先からかすかな音が聞こえてきた。

「ッ、玄関……ドアの、音っ」

高瀬が、帰ってきたに違いない。

幸久がそちらに気を取られて手足から力を抜いた途端、秋原が幸久の両手首を纏めて頭上に押しつけた。

追い討ちをかけるようにシャツを捲《めく》り上げ、肘のところでグシャグシャにして腕を動かせないように細工される。

「秋原っ？　なに、や……って」

「うるせぇ、おまえは黙ってろ」

秋原は、驚いて声を上げた幸久の口元を右手でグッと塞いでくる。左手は、ガッチリとシャツが巻きつけられた幸久の腕を押さえつけ……誰が見ても、無理やり拘束しているとわかる状態に違いない。

高瀬が帰ってきた、と。幸久の態度で察したはずだ。

それなのに、やめるどころかこれまでに増して過激な行動に出る秋原は、どうなっているのだろう。

口を塞がれているせいで、助けを求められない。このままでは、高瀬はリビングを覗くことなく自室に入ってしまう。

り蹴った。

混乱のまま、焦燥感に突き動かされた幸久は、唯一自由に動かせる足でテーブルを思い切り蹴った。

その音を聞きつけたのか、訝しげな低い声が幸久の名前を呼ぶ。

「ユキ？　なに暴れ……」

言葉が不自然に途切れたのは、この状況を目に留めたせいだろう。

口を塞いでいた秋原の手から力が抜け、一気に流れ込んできた空気に噎せる。ケホケホと空咳をした幸久は、かすれた声で「慶士郎さん」と高瀬の名を口にした。

「なんですか？　無関係な人は首を突っ込まないでください。俺と幸久の問題だ」

高瀬に向かって、ふてぶてしいとしか言いようのない調子でそう口にした秋原に、無言で目を瞠った。

秋原は、こんな人間だったか？　お調子者で軽いと言われることもあるけれど、面倒見がよくて根は優しい。無意味に他人を挑発するような、陰気なところなどない……と思っていたのに。

驚いた幸久が言葉を失っていると、高瀬が感情を抑え込んだような抑揚のない低い声でつぶやいた。

「……そうだな」

視界の端に映る高瀬の足が、回れ右をして……リビングを出ていこうとしている。この状態の、幸久を見捨てて。

そう思った瞬間、幸久はカーッと頭に血が上るのを感じた。思考が真っ白に吹き飛び、自分でも驚くような声が喉から飛び出す。

「慶士郎さんっ、の……バカァ！」

「な……っ、ユキ?」

内容は子供じみたものだったけれど、声の音量に驚いたのか高瀬が動きを止める。のしかかっていた秋原が退《ど》き、幸久は勢いよく身体を起こした。

腕に巻きついたシャツはそのままに、高瀬を見上げて訴える。

「なんだよ、それっ。今までの慶士郎さんなら……恋人じゃなくて、ただの年上の友人だったとしても、こんなふうに無理やり押さえつけられているおれを、見て見ぬふりなんかしないだろ。合意じゃないって、わかったら……絶対に助けに入る。無視なんかしない。今まで通りに?　そんなの、やっぱり無理なんだよっ。おれも、あんたも！」

一気に言い放つと、ゼイゼイと肩で息をする。普段、こんなふうに大声を出すことなどないので、喉がヒリヒリと痛い。

睨み上げた高瀬は、呆気に取られたような顔で幸久を見下ろしていた。まるで、ここにあるはずのない不思議なモノを見ているみたいな目だ。

「なんか言えよっ」

「あ……あ」

「ああじゃないっ。慶士郎さんは自分でズルいって言ってたけど、中途半端だ。最後までズルい大人でいればいいのに、変に怖気《おじけ》づいて……逃げんなよ。好きだ……って、慶士郎さんが魔道具を使う前から好きだって言ってんのに、聞く耳持たないし。信じられないなら、あの魔道具が恋を自覚するきっかけになっただけとか、開き直ればいいんだ！　おれみたいなガキをそうやって丸め込むのなんか、簡単だろ！」

思いつくまましゃべり倒すと、今度こそ全身の力が抜けた。すべて吐き出したせいで、頭の中が空っぽだ。

シン……と沈黙が漂い、激しく脈打つ自分の心臓の鼓動が、耳の奥でうるさいくらいに響いていた。

重苦しい沈黙を破ったのは、パチパチと手を打つ、どこか間の抜けた音だった。

「おー……男前だな、幸久。うっかり惚《ほ》れそう」

「秋原……？」

ぎこちなく顔を向けると、目が合った秋原は飄々とした笑みを浮かべていた。

さっきの、別人かと思うような雰囲気はすっかり鳴りを潜め……幸久がよく知っている、いつもの秋原だ。

惚《とぼ》けた表情で「よいせ」と立ち上がり、バッグを拾い上げる。

「……で、俺もう帰っていい？　当て馬役を買って出て幸久の起爆装置のスイッチを押した礼は、今度しっかりしてもらおう。あ、心配しなくても俺は幸久に一ミリたりとも欲情しませんので、悪しからず」

「あ、秋原……さっきの……」

「おまえ、マジでビビったろ。嘘のつけない幸久に演技なんかできないと思ったから、不意打ちさせてもらった。いやぁ、我ながら迫真の演技だったなぁ」

秋原が語ったあんまりな内容に、幸久はポカンと目を見開いて絶句する。

本気で驚いたのに、あれが演技だった？

……ものすごい名演だ。俳優になれるのでは。

ククク……と人を食ったような笑みを浮かべた秋原は、高瀬の脇を通り抜ける際に、

「お邪魔しました。幸久は、高瀬さんを大人だ……って散々言ってましたけど、なるほど。大人になると、自分の感情だけで動けなくなるって言いますからね。俺も、いつかそんな大人になるのかなぁ」

そんな嫌味を口にして、出ていった。

恐る恐る窺い見た高瀬は……苦虫を嚙み潰したような顔をしている。

玄関扉の閉まる音が聞こえて完全に秋原の気配がなくなってからも、高瀬は動こうとしなかった。

「慶士郎さん」

「あ……あ、なんだ」

「これ、外してもらっていい？　変に絡まっちゃったみたいで、全然解けない」

肘のところでぐちゃぐちゃになっているシャツは、暴れたせいでよじれて絡まり……ガッチリと幸久の腕を拘束している。指先が痺《しび》れてきた。

「ああ、ちょっと待て」

幸久の前に膝をついた高瀬が、手を伸ばしてくる。絡まったシャツを引っ張り、悪戦苦闘の末にようやく腕が自由を取り戻した。

「あー……痛かった。秋原のやつ、容赦ないな。少しくらい予告してくれてもいいのに。確かにおれは演技なんか絶対にできないから、知らされてたらうまく臨場感が出なかったかもしれないけど……」

ぶつぶつ秋原への文句をこぼしながら、チラリと高瀬を見上げる。

至近距離で目が合い、高瀬が視線を逃がそうとするのがわかったから両手を伸ばして白いシャツの襟元を摑んだ。

「慶士郎さん、さっきおれが言ったの全部本当のことだよ。本音をなにもかも吐き出した。慶士郎さんも、なんか言ってよ。じゃないと、おれ……も、どうしたらいいかわかんない。ここに、いられないよ」

蛇の生殺しとは、こういうことを指すに違いない。一度、恋人として扱ってもらったがために、際限なく欲張りになってしまった。

これまで通りになど、戻れるわけがない。高瀬が自分に好意を持ってくれているのなら、なおさらだ。

まだ逃げようとするのか……と睨みつけた幸久に、高瀬は気まずそうな顔で大きなため息をついた。

「悪かった。……自己嫌悪っつーか、情けなくて穴を掘って埋まりてぇ」

「埋まってもいいけど、埋まる前に、おれに言わなきゃいけないことを言い残してからにしてくれる？」

そう言い返した幸久に、何故か高瀬は頰を引き攣らせて苦笑を浮かべた。

「う……埋まってもいい、か。ユキちゃん、結構容赦ないね」

「？　慶士郎さんが埋まりたいって言ったから、いいよ……って」

「ああ……うん。おまえは、嫌味とか皮肉なんか言わねぇか。とりあえず、目に毒だからシャツを着ろ。で、ここを片づけて……膝を突きつけて話すか」

あきらめの漂う表情でそう言った高瀬に、幸久は大きくうなずいてシワくちゃになったシャツに袖を通す。

のろのろと動いているあいだに、高瀬は幸久が蹴ったテーブルの位置を戻して歪んだラグを直し……床に転がり落ちていた万年筆を手に取った。

「俺が、アホだったんだよな」

ポツリと口にすると、折れた万年筆をグッと握りしめる。折れ口がギザギザだから、傷がつくのではないだろうか。

心配になった幸久は、そろりと高瀬の手の甲に触れた。

「慶士郎さん、怪我するからダメだよ」

「……ごめん」

短い一言は、なにに対しての謝罪？

幸久は、唇を引き結んだまま高瀬と視線を絡ませる。

もう、聞き出そうとする気はない。高瀬が、自分から話してくれるのを待つ。

逸らそうとしない目にその思いが浮かんでいたのか、高瀬は握りしめていた万年筆をテーブルの上に置いて、幸久の頭を自分の胸元に抱き寄せた。

「慶士郎さん？」

「悪い、ユキ。俺は……ズルい大人だ。この期に及んで、みっともない顔を見られたくない……なんて、な」

「いいよ。背中を向けられないなら、なんでもいいから……。もう、慶士郎さんの背中ばかり見るの、嫌だ」

くぐもった声でそう訴えると、高瀬の背中にギュッと抱きつく。

高瀬は、幸久を引き離すことなく……両腕の中に抱き込んだ。

「っとにおまえ、かわいすぎるんだよ」

今となっては魔道具の効力などないはずで、高瀬も魔道具を隠れ蓑《みの》にできないと承知しているはずなのに、「かわいい」と口にする。

どうしよう。何回も言われた言葉なのに、今までで一番恥ずかしい。心臓が、猛スピードで脈打っている。

じわじわと首から上に熱が集まるのがわかって、震えそうになる奥歯を強く噛む。ついでに、広い背中に抱きつく手にも力を込めた。

《九》

リビングテーブルの上には、折れた万年筆が転がっている。

膝を抱えてラグに座り込んだ幸久は、目の前にいる高瀬をチラリと見遣った。

膝を突きつけて話すか……などと言ったのは高瀬なのに、無言だ。エアコンのモーターが稼働する小さな音だけが聞こえてくる。

なんとも形容し難い緊張感に、喉が渇く。

「……慶士郎さん」

ぽつりと名前を呼ぶと、高瀬は胡坐《あぐら》を組んだ膝を大きく震わせた。そうしてわかりやすく動揺を見せてくれたことに、ホッとする。

大きく肩を上下させた高瀬は、諦めの滲む表情で口を開いた。

「魔道具が、恋を自覚するきっかけになっただけだ……か。俺は、そんなふうに考えられなかった。おまえ、すげぇわ」

「感心してもらいたいわけじゃないよ。おれは、慶士郎さんの本音を聞きたい。おれがなにを言っても、慶士郎さんがどう話しても、もうコレのせいじゃないから」

コレ、と折れた万年筆に視線を向ける。高瀬も、幸久につられたように万年筆を横目で見やり、小さくうなずいた。

「そうだな。……歳を食うと、変なところで憶病になるんだ」

「ズルいこと、しようとしたのに？」

「……歳のせいにしちゃならんか。俺が、卑怯者《ひきょうもの》だったってだけだ。そんなもので、万が一おまえが転がり込んでくるなら、ラッキーだなんて……バカだよな」

自嘲の笑みを浮かべると、人差し指の先で折れた万年筆を突く。一度視線を膝に落とし、覚悟を決めたように幸久と目を合わせた。

「おまえが俺を好きだなんて言い出した時は、本当にコイツの魔力が効力を発揮したのかと思った」

「違う、って言ったよね。だって、おれが慶士郎さんを好きだって自覚したのは、あの日の昼飯の時だった。秋原が証人だ。慶士郎さんが試したのって、夕方だろ？」

「ああ……。帰ってきたおまえに、灰皿でモノを燃やすなって怒られる直前だ」

勢い任せに話していた時とは違い、二人ともが落ち着いて『あの日』を回想する。高瀬と視線を絡ませたまま、「本当だよ」と念を押した。

「おまえさ、俺みたいなののどこが……その、好きなわけ？　全っっ然、好かれる理由が見当たらん」

いつも堂々としている高瀬が、途方に暮れたような顔でそう言うのがなんだかおかしくて、クスリと笑ってしまった。

どこが、好き……か。

「店で見かけてるだけの時は、格好いいな……って思ってたんだ。一人でカウンターに座って、静かにご飯食べて……なんていうか、大人！　って感じで。話すきっかけになった、酔ったオッチャンから助けてくれた時のこと憶えてる？」

「ああ。それまでは大人しくて真面目な働き者って印象だったのが、面白い子だなー……って思ったんだ」

ただの顔見知りから、知人と呼べる関係になるきっかけのアレコレは、互いに印象深いものだったらしい。

思い起こせば、確かに高瀬は「面白い」と笑っていた。

「ピンチを救ってくれるスーパーマンみたいで、格好よかった！　で、いろいろ話すようになって……何回か助けてもらって、慶士郎さんがいない時でも目で探したり……無意識に頼ってた」

初めから、好意は抱いていた。

ただ、『好き』の種類など意識したことがなかったので、いつ……どこから恋愛感情での『好き』なのか、幸久自身も曖昧だ。

「自覚していなかっただけで、すっごく前から好きだったのかも。秋原には鈍いって言われるから、どの時点から好きなのか……本当にわかんないけど。たぶん、ここに住まわせてくれるようになった時には、好きだったんだと思う。慶士郎さんの特別になれたみたいで……なにより、必ず帰ってくるところにいられるのが嬉しかった」

秋原には「変だ」と言われた同居も、幸久にとっては純粋に嬉しいだけだった。今から思えば、路頭に迷うかもしれないところを助けてくれたというだけでなく、高瀬との距離が縮まることに喜びを感じたのだ。

「慶士郎さんこそ、なんで？　おれ、男だし……特別にキレイでもないし、おれが慶士郎さんを好きってことより、もっと不思議だと思う」

そうだ。不思議としか言いようがない。

容姿が際立っているのでもなければ、すごい特技があるわけでもない。高瀬の気を惹くことができる要素など……皆無だ。

自分で話しているうちに、

「おれが好きとか、やっぱり気のせいなんじゃ……」

という気がしてきた。

うなだれた幸久の頭の上に、ポンと手を置かれる。

「おまえはさ、真っ直ぐなんだ。ひねたところが一つもない。なにをするにも一生懸命で、格好つけて必死になっていることを隠すこともなくて……傍にいたら、ホッとする。俺の周りにいるのは、クセモノばかりだからな。前に、無理して大学に通うのは、環境学と都市計画の勉強をして地元を少しでもよくしたいからだ……って目をキラキラさせて語ってくれただろ。現代日本に、こんな若者がいるのかって感動した」

そういえば、少し話すようになった頃……高瀬に語ったことがあった。

田舎は大好きでいいところだけれど、過疎化が目に見えて進んでいて……このままでは近い将来、限界集落と呼ばれるのは確実だ。

でも、無闇に開発すればいいわけではない。

現在の環境を残し、老若男女に住みやすい土地にするには、どうすればいいか。一度、外にでて俯瞰《ふかん》的に見ることが必要だと思った。

自分が学んだところで、一人の力でなにかができるとは思えない。

それでもよりよくする術の一端でも見つかるのではと、後ろ髪を引かれながら祖父母を残して都会に出てきた。

「俺みたいにふらふらしている人間にとって、おまえのような地に足のついた若者はまぶしい。手助けしてやるなんて大義名分を振りかざして傍に置いて、帰るたびに『お帰りなさい』なんて迎えてくれることにホッとして……なんつーか、欲が出た。俺のモノにしちゃならんって、わかってたつもりなのになぁ」

ポンポンと軽く幸久の頭を叩いて離れていこうとした手を、うつむいたままギュッと両手で摑んだ。

高瀬は、物知らずの子供にしか見えなかっただろう幸久を、一度も田舎者だと笑わなかった。

祖母に教えられたなんの変哲もない煮物を口にして、「ホッとする」と微笑を滲ませた。

十八まで山間の小さな集落で育った自分とは違い、世界のあちこちを自身の足で歩いて目で見て……幸久の知らないことをたくさん知っている。

小さな「いいな」が蓄積して、いつしか「特別」になった。

「おれがっ、慶士郎さんの帰ってくる場所になれたら……幸せだ」

「放浪癖に呆れられて、待ちくたびれた……やってられないって、いっつもフラれるんだけどな」

「おれは待ちくたびれたりしない。どこに行っても、いつか帰ってきてくれるならそれでいい。危ないところに行くなら心配だけど、おれも男だから冒険心とかわかんなくはないよ。ただ、おれには真似《まね》できないだけで……慶士郎さんは、やっぱりすごい」

高瀬の手を両手で握りしめたまま、懸命に口説く。ここで自分が少しでも怯めば、きっと高瀬は背を向けてしまうとわかっているから。

ぎゅうぎゅうと手に力を込めると、さすがに痛くなったらしい。

「ユキ、手……痛ぇよ」

そう苦情を寄せられて、「ごめんなさいっ」と慌てて指の力を抜いた。

あ……高瀬の手が、離れていってしまう……。

そう覚悟した直後、両腕の中に抱きすくめられた。あまりにも唐突な行動に驚いて、幸久は目を白黒させる。

「慶士郎さんっ？」

「やっぱ、おまえも男なんだなぁ……なんてイマサラなことを、実感した」

静かな声に、ビクッと身体に力が入ってしまう。

幸久が男だと、再認識した？　その言葉が意味するものは……？

「かわいく、ない……って？」

魔道具に惑わされていると思っていた時、高瀬はかわいいと何度も言っていたけれど、よく考えれば男に対する形容詞ではない。

幸久を『かわいい』なんて気の迷いだったと、気がついたのではないだろうか。

背中にある手が離されてしまうかもしれないと、ドキドキしながら高瀬の返事を待つ。

「違う。おまえのことを天然ボケって言ったけど、頼りないわけじゃないんだよな。一芝居打ってくれた秋原くんじゃないが、芯《しん》が強くて男らしいって……惚れ惚れする。俺のほうが、ずっとビビりだ」

「おれ、ガキだから……怖いもの知らずなだけかも。でも、それで慶士郎さんがおれのものになるなら、押したもの勝ちだって思う。慶士郎さんがビビりだって言ってできないなら、おれから手を出すよ？」

そうだ。高瀬ができないのなら、自分がしてしまえばいい。

名案が浮かんだとばかりに、高瀬が着ているシャツを背中側から捲り上げた。両手で背中を撫で回すと、高瀬が小刻みに身体を震わせる。

なにかと思えば……。

「ッ……くくく」

声を殺して、笑っている？

色っぽい雰囲気を出そうとしたのに、笑われるなんて……ショックだ。

「くすぐってぇよ。果敢なチャレンジャー精神は認めるが、俺に触らせてくれ。……触っても、いいんだよな？」

高瀬は幸久の背中を軽く叩きながら、笑った理由を口にする。

最後の一言は声から笑みの気配が消えていて、トクンと大きく心臓が脈打った。

「うん。いいって許可じゃなくて、触って欲しい。また笑われるかもしれないけど、おれも触りたいよ」

「あー……無神経に笑ったりして、悪かった。じゃあ、お互いさまってことで……好きにさせてもらおう」

神妙な様子で幸久に謝罪した高瀬は、好きにすると宣言しておいて、幸久が着ているシャツの裾から手を入れてきた。

「ッ、ぁ……」

グッと息を呑んで、奥歯を嚙む。

ついさっき、幸久も同じように高瀬に触った。あの時はくすぐったいと言われたのに、今自分が感じているものは、くすぐったいと呼べる種類のものではない。

身体の奥深くから、熱の塊がせり上がってくるみたいだ。

これまで知らなかった感覚は少し怖いのに、高瀬と離れるのが嫌で、わずかな怯えを抑え込む。

「ずっと、こうしておまえに触りたかった。でも、魔道具の力で……偽物の好きに便乗して触ることができなかった。おまえに、あんな願いを書かせた俺を殴りたくなった」

「あんな……?」

首を傾げて、なんのことか聞き返した直後、高瀬の答えを聞くまでもなく自力で思い出した。

ブルーブラックのインクで記した浅ましい願望は、可能なら高瀬の記憶から抹消してしまいたい。

「あ！　あれは、慶士郎さんがキスしかしないから……。でも、本当のことだよ。魔道具のせいじゃないって、信じてくれるよね」

「ああ。おまえが純粋無垢《むく》じゃなく、それなりにエロ心を持つお年頃の男だってことがわかって、ちょっと安心した」

　カッと頬が熱くなるのを感じた幸久は、冗談めかした口調で、からかい交じりにそんなふうに言った高瀬の背中を拳で軽く殴る。

「デリカシー、ないっ」

「認める。悪かったな」

「……けど、ホントのことだ。おれ、慶士郎さんがどんなふうに恋人を触るのか想像して、触られたい……って自分に置き換えてた」

　想像に限界が来て、どうしても高瀬ともっと深い関係になりたくて……魔道具に頼ったのだ。

　恥を忍んでポツポツと吐露した幸久に、高瀬はピクッと手を震わせた。

「バカ、おまえ……素直にも限度ってものがあるだろ。俺が際限なく調子に乗るから、やめておけ」

「調子に乗るとなにか悪い？　おれは、本当のことしか言わない」

「だから、それが……ッチ、計算じゃない誘惑ってヤツは最強だな。こんなに煽《あお》られて、理性を吹っ飛ばされそうになったのは初めてだ」

それは苦い声と口調だったけれど、幸久の背中にある高瀬の手が熱を帯びていると伝わってきたから、言葉で語るほど苦々しく思っていないのだとわかる。

心に浮かぶままを高瀬にぶつけることが、間違えではないのだとホッとした。

「本当に、俺のモノにしちまうぞ。俺は独占欲が強くて、口うるさくて……縛りつけようとする。鬱陶しいからな」

「いいって、言ってる。そうして欲しいんだ。慶士郎さんが、縛るのとか好きなら……いいよ？」

「おまえ、つくづくチャレンジャーだな。せっかく許可をもらったが、縛るってのは、物理的じゃなくて精神的に……だ」

ククッと少しだけ肩を揺らした高瀬は、「おまえはもう黙ってろ」とつぶやいて、幸久の頭を摑む。

「あ……ッ」

近づいてくる端整な顔に、心臓がさらに鼓動を速くする。幸久はギュッと瞼を閉じて、甘い口封じを受け止めた。

同じマンションに住んでいても、高瀬の部屋に入ることは滅多にない。普段はドアノブに触れることもなく、海外へ出ていた高瀬が帰国する際、空気の入れ替えのために窓を開けたりベッドメイクをしたりする時だけ勝手に入らせてもらう。

その部屋にベッドに背中をつけ……天井を背に覆いかぶさってくる高瀬を見上げるのは、妙な感じだった。

「まぶしいか？……完全に消したら、見えなくてもったいないからな。少しだけ光量を絞ってやる」

幸久が目を細めたせいか、高瀬はリモコンでシーリングライトの明かりを落として薄闇を作る。

それでも互いの顔が見えないほどの暗さではなく、幸久はそっと手を上げて高瀬の背中に抱きついた。

「心臓、口から飛び出そう」

「……ああ。ドキドキしてるの、伝わってくる。かわいいな、ユキ。聞き流したけど、経験ないってマジで？」

顔を寄せてきた高瀬に耳元で尋ねられて、ビクッと手を震わせる。

表情が見えないので、質問の意図はわからない。

面倒だと思われているのかもしれないし、肯定すればベッドでの技を期待できないと失望されるのかもしれない。

それでも、嘘はつけなくて……うなずいた。

「そう、だよ。すごいこと、できないと思うけど……ごめん」

「すごいことって、なんだよ。それで俺を押し倒して、どうするつもりだったんだ？」

クスリと笑いながら言い返してきた高瀬に、目をしばたたかせる。

高瀬ができないなら、自分が押し倒してやろうと思ったのは本当だ。

でも……。

「どうする……なんて考えてなかった」

と、呆然とつぶやく。勢い任せに口にしたのはいいけれど、具体的にどうすると尋ねられると頭が真っ白だ。

「おまえらしいなぁ。じゃあ、今日は俺が好きにしてもいいか？」

「いい、って言った。おれっ、ちゃんと学習して覚えるから。次は、おれが慶士郎さんにいろいろできるように」

背中に抱きつく手に力を込めて、きちんと勉強すると宣言する。

笑われてしまったらしく、ふっ……と耳元を高瀬の吐息がくすぐった。

「あー……まぁ、そいつはおいおいと。本当におまえ、勉強熱心だな。とりあえず今は、ちょっと離れてもらえるか？」

「なんでっ？　ヤダ」

なにが悪かった？　離れたくないと抱きついた幸久の頭を、大きな手がグシャグシャと撫で回す。

「脱がせたいし、このままじゃ身動きが取れん。朝まで生殺しか？」

「あ……」

抱きついていたら、動けない。そんな考えるまでもない一言に、自分がどれほど余裕を失っていたのか再認識させられる。

幸久は慌てて手の力を抜いて、ベッドに投げ出した。

「ごめんなさい。どうぞっ」

「……ククク。じゃあ遠慮なく、いただきます」

また笑われてしまったけれど、高瀬はそれ以上なにも口にせず幸久の身体に残っていたくしゃくしゃのシャツを剝ぎ取った。

抗《あらが》う間もなく、手際よくコットンパンツと下着まで足から抜かれてしまい、瞬く間に俎上《そじょう》の鯉《こい》状態になる。

「山が遊び場だったって？　なるほど……バランスのいい、キレイな身体だ」

肩から二の腕、肘……手首。次は、胸元を撫でて脇腹、腹筋を確認するように腹に手のひらを押し当てる。

高瀬の手が素肌を撫でるたびに、勝手にビクビクと身体が震える。

「ッ、慶士郎さん……のほうが、男っぽくて格好いい。うらやまし……っ」

返す声が上擦りそうになり、不自然に途切れさせた。

幸久の上で手早く自身が着ている服を脱ぎ捨てた高瀬は、見惚れるような体軀を誇っていた。

着衣越しにでも予想はついていたが、自分とは比べ物にならないほど肩幅が広くて胸板が厚い。

関節の太さや手足の長さも際立っているけれど、骨格自体が頑健なのだ。

「俺は、まぁ……ジイサンの血もあるからな。このところ日本でも海外ブランドのファストファッション店が増えたのはありがたいが、大量生産のスーツが着られんのは非経済的だ」

幸久にしてみればうらやましい限りだが、たいていMサイズで事足りる自分では理解できない悩みがあるらしい。

唇に微笑を浮かべて、高瀬の肩に手を乗せた。

「でも、やっぱり格好いいなぁ。筋トレとか、してないよね」

「わざわざそんなことしなくても、荷物を担いでうろうろしてたら自然と鍛えられる。去年だったか、ラピスラズリの原石を山から麓の村まで運ばされたぞ。四十キロくらいはある、でっかい籠を背負って山道を歩いて……修行僧になった気分だったな」

高瀬が自称する、『トレジャーハンター』という言葉だけを聞けばワクワクする響きだけれど、実際はサバイバルだ。

やはり自分には無理そうだな……と感嘆の息をつく。

「大きな怪我をしそうな危ないことは、あんまりしないで欲しいかな」

やめろと止めることはできないから、そう控えめにお願いをする。鎖骨のところにある縫合痕らしい傷跡を指の腹で辿り、そっと唇を押しつけた。

「くすぐったい……だけじゃないから、あまり煽るな」

そう言って髪を撫でる手に、目を細める。

くすぐったいだけじゃない？

その言葉が、嬉しい。こんな拙い触れ方でも、少なからず高瀬の情動を煽れるのなら……。

「じゃあ、もっとする」

嬉しくなった幸久は、舌を伸ばして鎖骨のところを舐めた。軽く歯を立てて、吸いつきながら胸元に移動する。

「こら、おい……ユキ、ッ……幸久っ」

呼びかけを無視していたら、頭を摑むようにして引き離されてしまった。

唇を尖らせて高瀬を見上げる幸久は、きっと、不満のたっぷりと滲む目をしている。

「そんな顔をするな。俺に触らせろ、って言っただろ」

「あ……ぁ」

仕返しとばかりに大きな手が伸びてきて、肌を撫でられる。

恐る恐るという形容がピッタリだった幸久とは違い、迷いのない手つきで腿《もも》の内側をスルリと撫で上げられ、大きく足を震わせた。

「慶士郎、さん。いきなり、そんな……」

「悪い。余裕がないんだ。もっと、いじり回して可愛《かわい》がってやりたいんだが……次の楽しみに取っておく」

「ッ、ぁ……っっ！」

動揺する幸久にそれだけ言うと、大きな手が、余裕がないという言葉通りに屹立《きつりつ》を包み込む。

直接触れられてもいなかったのに熱を帯びつつあることを知られてしまい、カッと全身が熱くなった。

「は、恥ずかし……」

「なにが？　俺に触られて反応してるんだろ。光栄だね」

「そんな言い方、ッ……変っ」

「ヘンタイで悪かったな」

「違……う」

ヘンタイとまでは言っていない。そう言い返したいのに、高瀬の指が屹立に絡みついてくるせいで言葉にならない。

「や、や……っぁ」

「嫌じゃないだろ。先走ってきた。ほら……」

「っぅ～……だって、ぁ……！」

高瀬がいじるからだ、と。

一言も反論できない。耳の奥で響く動悸を感じながら、ビクビクと身体を震わせるだけで精いっぱいだ。

「身体は敏感だな。……秋原くんに、こんなところまでは触らせてないよな？」

「んなわけ、あるか……っ！　それに、慶士郎さんに触られないと、こんなにならな……い」

誰の手に触れられても、自分で触る時でさえ、これほど呆気なく切羽詰まった気分にならない。

高瀬の指は、魔法使いみたいだ。幸久自身よりも的確に、どこにどう触れれば身体の熱が上がるか知っている。

「俺だから？　カワイーなぁ。くそ、本っ当に余裕がねぇ……」

チッと舌打ちが聞こえてきたかと思えば、屹立に絡んでいた高瀬の指が離れていく。

それでも身体の熱は簡単に下がりそうになく、胸を上下させた幸久はベッドカバーを摑んで息を整えようとした。

目を閉じて深呼吸をしたところで、大きく膝を割られてギョッとする。


「なに、慶士郎さん……っ？」

「こら、我に返るな。そのままボケてろ。……腹に力、入れるなよ」

「え……なん、……っっ！」

なんで？　と尋ねかけた言葉を途中で切った。力を入れるなという一言の意味を、身体で知る。

高瀬の指……が、なにかぬるぬるしたものを纏って、身体の中……に。

「ここ、こうするの……全然知らなかった、ってわけじゃないよな？」

動揺のあまり声も出ない幸久に、低く尋ねてくる。

そのあいだもゆっくり抜き差しする指の動きは止めてくれなくて、ギュッと拳を握りながら曖昧に首を振った。

「なんとなく、だけど……っ、あ！」

知らなかったわけではない。ただ、こんなに生々しいものだとは、具体的に想像できなかっただけだ。

自分がどうなるのか、怖い。逃げ出したい。

でも……恐る恐る見上げた高瀬が、熱っぽく潤んだ目で幸久を見下ろしていることに気づいた瞬間、怯えがすべて吹き飛んだ。

緑の混じった不思議な瞳の色が、色濃くなっているみたいだ。自分に触れているから？

「慶士郎さん、おれ……っ、おれで、いい？　その気に、なってる？」

「……愚問だ。わかるだろ」

「あ……、ぅ……ん」

グッと腿の内側に押しつけられた硬い熱塊の感触が、すべての答えを示している。

幸久が欲しいと、言葉より雄弁に伝えてくる。

「も、いい……よ。おれ、おれもっ、なんか……たまんない。指じゃなくて、慶士郎さんと、もっとくっつきたいって、身体の奥から湧き上がってくるみたい……だ」

震える手で高瀬の肩を摑み、お願いだからと懇願する。これ以上指でいじられてしまうと、それだけで呆気なく頂に押し上げられてしまいそうだ。

それではダメだ。高瀬と熱を共有したい。同じだけ欲しがっているのだと、身体で実感したい。

「慶士郎さん……」

「ッ……ちくしょ。バカ、幸久。俺の理性、木っ端微塵《みじん》にしやがって。どうなるか……身体で思い知れ」

低く、唸るようにそう口にした高瀬が、後孔に埋めていた指を引き抜いた。膝の裏をすくい上げるようにして大きく左右に開かれ、身体を割り込ませてくる。

「ア……」

「息、詰めるなよ。嫌だって泣かれても……引き返せる自信がないから、傷つけないようにしたい」

「嫌なんて、言わな……っ、ぁ……あっっ」

言い返そうとした言葉が終わるかどうか、というところでこれまでにない衝撃に襲われた。痛いのか、苦しいのか……これが、どんな感覚なのかわからない。息が……喉の奥で詰まる。

「ふ……っ、ぅ……あ」

「息、吐けって。ユキ……幸久、歯ぁ食い縛るな」

「ッあ……あっ、ん……ぅ」

唇と無意識に食い縛る歯をこじ開けるようにして、指を含まされる。息を吐くと同時に力が抜け、さらに圧迫感が増した。

「悪……い。もうちょっと……」

「悪く、な……、ぁ……っは」

高瀬を突き離したいわけではない。混乱の中でもそれだけは確かで、震える手で必死になって高瀬の肩を摑む。

怖くて苦しいのに嬉しいなんて、自分でも矛盾していると思う。でも、高瀬に与えられるものはすべて受け止めたかった。

「ユキ……幸久」

熱っぽくかすれた声で名前を呼んでくれるから、苦しさも未知の感覚に対する怖さも、なにもかも心地いいものに変換できる。

「っふ……ぅ、ン……慶士郎さん、好き……っ、好きだよ」

「ああ。……好きだ幸久。俺をこんな気持ちにさせるのは、おまえだけだ」

こんな……？

聞き返そうとしても、大きく身体を揺さぶられたことで意味のある言葉が出せなくなる。

ただ、自分を見下ろす高瀬が何故か泣きそうな顔をしていた……と。それだけが、クッキリと幸久の目に焼きついた。


寝返りを打った拍子に、意識が眠りから浮上した。

「あ……さ?」

ぼんやりとつぶやいた幸久だったが、カーテンの隙間から差し込む光がまぶしくて、開きかけた目を閉じる。

「まだ六時前だ。もうちょっと寝てろ」

「うん……」

これは、高瀬の声。耳に心地いい……。

言われるままウトウトしかけたけれど、髪に触れてくる指の感触に「あれ?」と違和感を覚えた。

声が近い。簡単に触れられる距離?……高瀬と一緒に寝ていた?

「あ」

「なにが、あ? おまえ、イク……つった直後にコテンと意識を飛ばしたけど、憶えてないってことはないよな?」

「あっっ! 憶え……っていうか、思い出し……た」

ここは高瀬の部屋で、高瀬のベッドで……なにがどうなって、この状況か。

あんな強烈なこと、忘れられるわけがない。

「寝惚けてるのも、かわいかったけどな。……かなり無理をさせたって自覚はある。あちこち痛いだろ」

「痛い……けど、おれがして欲しかったから、自業自得ってやつ？　そろそろ、朝ご飯準備しなきゃ」

全身がだるくて重いけれど、高瀬が悪いのではない。自分も共犯だ。

起き上がろうとゴソゴソ身動ぎする幸久の身体に、長い腕が絡みついてくる。

「飯は、たまには俺が用意する。簡単なモノしかできないが。ユキの味噌汁は、明日の楽しみにしておこう。だから……もうちょっとここにいろ」

「う、うん」

抱きしめられているのは幸久なのに、高瀬に全身で甘えられているみたいだ。そんなくすぐったさに唇をほころばせて、広い背中に手を回した。

「慶士郎さん、次は……いつ、どこに行くの？」

高瀬の胸元に額を押し当てて、ずっと気になっていたことを恐る恐る尋ねる。

きっと高瀬は、またどこかへ行ってしまう。行くなとは言えないし、そうでなければ高瀬ではない。

「そうだな……しばらく予定はない。アイツも言ってただろ。蜜月を愉しめって」

「あ……そっか。うん」

アイツ。高瀬に連れられていった、怪しげな雑貨店の友人か。

あの時は、二人共が『魔道具』の効力で偽物の恋人だと思っていたけれど、嘘から出た真《まこと》のようになってしまった。

「まぁ、そのうち……どこかで呼ばれてるって思ったら、そこに行くことになるだろうな。でも、帰ってくるのはここだ」

抱きしめる腕に、ギュッと力が込められる。

幸久は、甘い息苦しさに小さく息をついて、うなずきを返した。

「ん。おれは、おれがしなきゃいけないことをして……慶士郎さんの好物を用意して、待ってる」

「ふ……行かないでくれとか、無理についていくとか言い出さないあたり、おまえらしいな。そんなところにも、惚れたんだろうなぁ……」

独り言のような響きの声だったけれど、自然な「惚れた」に顔が熱くなる。

高瀬を恋人に。

幸久を恋人に。

二人してそう願った『魔道具』は、真っ二つに折れて無残な姿になっている。もともと互いに心が向かっていたので、効力があったかどうかも不明だ。

でも、やはりあれは、恋を叶えてくれる魔道具だったのかもしれない。

あとがき

こんにちは、または初めまして。真崎ひかると申します。この度は、『恋の叶う魔道具』をお手に取ってくださり、ありがとうございます。

鈍感でぼんやりとした幸久と、ずるい大人に徹しきれないヘタレ属性の攻、高瀬でした。そのままでは延々と平行線を辿りそうな、こんな二人の縁結びアイテムは、魔道具……呪い（?）の万年筆です。

今になれば、もっと魔道具を活躍させたらよかったかなぁという気もしますが、私が暴走するとうっかり変身アイテムになってしまう危険がありますので……これくらいでいいのかもしれません。ほんの少しでも楽しんでいただけると、幸いです。

ぽやんとした幸久をかわいく、胡散くさいと連呼されている高瀬を格好よく描いてくださった木下けい子先生には、感謝してもしきれません。ものすごいご迷惑をおかけしたかと思いますが、本当にありがとうございます。

そして、とてつもなくご迷惑をおかけしたと言えば、担当O様。す、すみませんでした。何度も夢枕に立ってくださり、ありがとうございました。夢の中でまで私の世話をさせて、申し訳ございません。毎回起き抜けに「ごめんなさいOさん。働きます……」と、一人でつぶやきました。

ここまでおつき合いくださり、ありがとうございました！　いつものことながら、たいして面白いところのないあとがきで、すみません。

語れるほどの近況もないのですが……あ、近所に猪《いのしし》が出没したくらいでしょうか。近くに山などない、海に面した街なのですが、やつらはどうやら海を泳いで移動するようです。

犬の散歩には特に気をつけるように言われましたが、どう気をつければ……と途方に暮れました。いつも思うのですが、バッタリ遭遇したら人間が「キャー、猪！」と慄《おのの》くのと同時に、あちらも「キャー、人間！」と悲鳴を上げているはず。互いの平和のために、可能な限り出くわさないよう祈っています。

どうでもいいネタで、なんとかあとがきが埋まりました。くだらない話につき合ってくださって、本当にありがとうございます。

次のシャレード文庫さんでは、もふっとしたモノをお届けできるかと思いますので、またそちらもお手に取っていただけると嬉しいです。

それでは、失礼します。またどこかで、お逢いできますように！

二〇一五年　今年は秋の訪れが早そうです　　真崎ひかる

本作品は書き下ろしです

真崎ひかる先生、木下けい子先生へのお便り、
本作品に関するご意見、ご感想などは
〒101-8405
東京都千代田区三崎町2-18-11
二見書房　シャレード文庫
「恋の叶う魔道具」係まで。

CHARADE BUNKO

恋《こい》の叶《かな》う魔《ま》道《どう》具《ぐ》

【著者】真崎《まさき》ひかる

【発行所】株式会社二見書房
東京都千代田区三崎町2-18-11
電話　03(3515)2311[営業]
　　　03(3515)2314[編集]
振替　00170-4-2639
【印刷】株式会社堀内印刷所
【製本】ナショナル製本協同組合

落丁・乱丁本はお取り替えいたします。
定価は、カバーに表示してあります。

ISBN978-4-576-15162-5

http://charade.futami.co.jp/

CHARADE BUNKO

スタイリッシュ&スウィートな男たちの恋満載

真崎ひかるの本

愛してるよ、子犬ちゃん

凶悪なラブリー～もふもふしないで～

イラスト＝タカツキノボル

クールな美貌で他人を寄せつけない孝太郎と人懐っこく社内でも人気者の相馬。部署も違えば性格も正反対の相馬に「コタロー」呼ばわりでかまわれる孝太郎には、誰にも言えない秘密があった――！

ひとまず……マーキングしておくか

魅惑のラブリー～もふもふさせろよ～

イラスト＝桜城やや

ひょんなことから大学准教授・黒河の家に居候することになった朔哉。満月の夜、近づくなと言われた禁を破ってしまった朔哉は、野暮ったい姿から豹変した黒河に押し倒されて……!?